A INVENÇÃO DE MOREL

Adolfo Bioy Casares

A INVENÇÃO DE MOREL

Adolfo Bioy Casares

Tradução:
Sérgio Molina

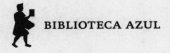

Copyright © 1940 Adolfo Bioy Casares e Herdeiros de Adolfo Bioy Casares
Copyright da tradução © 2014 by Editora Globo S.A.

Todos os direitos reservados. Nenhuma parte desta edição pode ser utilizada ou reproduzida — em qualquer meio ou forma, seja mecânico ou eletrônico, fotocópia, gravação etc. — nem apropriada ou estocada em sistema de banco de dados sem a expressa autorização da editora.

Texto fixado conforme as regras do Acordo Ortográfico da Língua Portuguesa
(Decreto Legislativo nº 54, de 1995).

Editor responsável: Thiago Barbalho
Editora assistente: Juliana de Araujo Rodrigues
Diagramação: Gisele Baptista de Oliveira
Capa: Marina Bernd
Ilustração de capa: Zé Vicente

1ª edição, 2016 - 3ª reimpressão, 2023

CIP-BRASIL. CATALOGAÇÃO-NA-FONTE
SINDICATO NACIONAL DOS EDITORES DE LIVROS, RJ

C33i
Casares, Adolfo Bioy, 1914-1999
A invenção de Morel / Adolfo Bioy Casares ; tradução Sérgio Molina. - [4. ed]. - São Paulo : Biblioteca Azul, 2016.
112 p. : il. ; 21cm.

Tradução de: La invención de morel
ISBN 978-85-250-6229-1

1. Romance argentino. I. Molina, Sérgio. II. Título.

16-35720 CDD: 868.99323
  CDU: 821.134.2(84)-3

Direitos de edição em língua portuguesa para o Brasil
adquiridos por Editora Globo S. A.
Rua Marquês de Pombal, 25 – 20.230-240 – Rio de Janeiro – RJ
www.globolivros.com.br

Para Jorge Luis Borges

PRÓLOGO

Stevenson, por volta de 1882, apontou que os leitores britânicos menosprezavam um pouco as peripécias e consideravam uma grande habilidade escrever um romance sem argumento, ou de argumento infinitesimal, atrofiado. José Ortega y Gasset —*A desumanização da arte*, 1925 — tenta justificar o menosprezo apontado por Stevenson e decreta, na página 96, ser "muito difícil que hoje se possa inventar uma aventura capaz de interessar nossa sensibilidade superior" e, na 97, que essa invenção "é praticamente impossível". Em outras páginas, em quase todas as outras páginas, advoga pelo romance "psicológico" e opina que o prazer das aventuras é inexistente ou pueril. É esse, sem dúvida, o comum parecer de 1882, de 1925 e até de 1940. Alguns escritores (entre os quais tenho o prazer de incluir Adolfo Bioy Casares) entendem que é razoável discordar. Resumirei, aqui, os motivos dessa discordância.

O primeiro (cujo ar de paradoxo não quero ressaltar nem atenuar) é o intrínseco rigor do romance de peripécias.

O romance típico, "psicológico", tende a ser informe. Os russos e os discípulos dos russos provaram até o cansaço que ninguém é impossível: suicidas por felicidade, assassinos por benevolência, pessoas que se adoram até o ponto de se separarem para sempre, delatores por fervor ou por humildade... Essa plena liberdade acaba equivalendo à plena desordem. Por outro lado, o romance "psicológico" pretende ser também romance "realista": prefere que esqueçamos seu caráter de artifício verbal e faz de toda vã precisão (ou de toda lânguida vagueza) um novo toque de verossimilhança. Há páginas, há capítulos de Marcel Proust que são inaceitáveis como invenções: sem saber, resignamo-nos a eles como a tudo que de insípido e ocioso há no dia a dia. O romance de aventuras, ao contrário, não se apresenta como uma transcrição da realidade: é um objeto artificial que não comporta nenhuma parte injustificada. O temor de incorrer na mera variedade sucessiva de *O asno de ouro*, das sete viagens de Simbad ou de *D. Quixote* impõe-lhe um rigoroso argumento.

Aleguei um motivo de ordem intelectual; há outros de caráter empírico. Todos murmuram tristemente que nosso século é incapaz de tecer tramas interessantes; ninguém se atreve a verificar que, se alguma primazia tem este século sobre os anteriores, essa primazia é a das tramas. Stevenson é mais apaixonado, mais diverso, mais lúcido, talvez mais digno de nossa absoluta amizade que Chesterton; mas os argumentos que governa são inferiores. De Quincey, em noites de minucioso terror, penetrou no coração de labirintos feitos de labirintos, mas não plasmou seu timbre de *unutterable and self-repeating infinities* em fábulas comparáveis às de Kafka. Ortega y Gasset aponta com justiça que a "psicologia" de Balzac não nos satisfaz; a mesma observação vale para seus argumentos. Shakespeare, Cervantes apreciavam a antinômica ideia de uma moça que, sem prejuízo de sua beleza, consegue passar por homem; esse móvel não funciona entre nós... Considero-me livre de toda superstição de modernidade, de qualquer ilusão de que ontem difere intimamente de hoje ou diferirá de amanhã; mas penso que nenhuma outra época possui romances de tão admirável argumento como *The Invisible Man*, como *The Turn of the Screw*, como *Der Prozess*, como *Le Voyageur sur la Terre*, como este que logrou, em Buenos Aires, Adolfo Bioy Casares.

As ficções de índole policial — outro gênero típico deste século que não consegue inventar argumentos — relatam fatos misteriosos que um fato razoável depois justifica e ilustra; Adolfo Bioy Casares, nestas páginas, resolve com felicidade um problema talvez mais difícil. Desfia uma Odisseia de prodígios que não parecem admitir outra chave de leitura afora a alucinação ou o símbolo e decifra-os plenamente por meio de um único postulado fantástico, mas não sobrenatural. O temor de incorrer em prematuras ou parciais revelações me proíbe a análise do argumento e das muitas delicadas sabedorias da execução. Baste-me declarar que Bioy renova literariamente um conceito que Santo Agostinho e Orígenes refutaram, que Louis-Auguste Blanqui ponderou e que Dante Gabriel Rossetti disse com música memorável:

> *I have been here before,*
> *But when or how I cannot tell:*
> *I know the grass beyond the door,*
> *The sweet keen smell,*
> *The sighing sound, the lights around the shore...**

Em espanhol, são infrequentes e até raríssimas as obras de imaginação racional. Os clássicos exerceram a alegoria, os exageros da sátira e, vez por outra, a mera incoerência verbal; de datas recentes não recordo nada afora algum conto de *As forças estranhas* e algum de Santiago Dabove:** injustamente esquecido. *A invenção de Morel* (cujo título alude filialmente a outro inventor ilhéu, Moreau) traslada um gênero novo para nossas terras e nosso idioma.

Discuti com seu autor os pormenores de sua trama, que acabo de reler; não me parece impreciso ou hiperbólico qualificá-la de perfeita.

JORGE LUIS BORGES
Buenos Aires, 2 de novembro de 1940.

---

* Em inglês, no original. Em tradução livre: "Eu já estive aqui antes,/ Mas quando ou como eu não posso dizer:/ Eu conheço a grama além da porta,/ O aguçado perfume doce,/ O som suspirante, as luzes em torno da costa...". (N. T.)
** *As forças estranhas* é um livro de contos de Leopoldo Lugones (1874-1938), jornalista e escritor argentino, como Santiago Dabove (1889-1951), dois dos autores por quem Borges e Bioy nutriam grande admiração. (N. T.)

Hoje, nesta ilha, ocorreu um milagre. O verão se antecipou. Puxei a cama para perto da piscina e fiquei mergulhando, até bem tarde. Era impossível dormir. Dois ou três minutos fora bastavam para reduzir a suor a água que devia me proteger da terrível canícula. De madrugada fui acordado por um fonógrafo. Não pude voltar ao museu, para pegar as coisas. Fugi pelos barrancos. Estou nos baixios do sul, em meio a plantas aquáticas, atazanado pelos mosquitos, com o mar ou córregos sujos pela cintura, vendo que antecipei absurdamente minha fuga. Acho que essa gente não veio me procurar; talvez nem me tenham visto. Mas sigo meu destino: estou despojado de tudo, confinado no lugar mais exíguo, menos habitável da ilha; em pântanos que o mar suprime uma vez por semana.

Escrevo isto para dar testemunho do adverso milagre. Se em poucos dias eu não morrer afogado ou lutando por minha liberdade, espero escrever a *Defesa ante sobreviventes* e um *Elogio de Malthus*. Atacarei, nessas páginas, os exploradores das florestas e dos desertos; provarei que o mundo, com o aperfeiçoamento das polícias, dos documentos, do jornalismo, da radiotelefonia, das alfândegas, torna irreparável qualquer erro da justiça, é um inferno unânime para os perseguidos. Até agora não consegui escrever nada além desta folha que ontem não previa. São tantas as tarefas nesta ilha deserta! É tão insuperável a dureza da madeira! Tão mais vasto o espaço que o pássaro movediço!

Foi um italiano, que vendia tapetes em Calcutá, quem me deu a ideia de vir aqui; ele disse (em sua língua):

— Para um perseguido, para o senhor, só há um lugar no mundo, mas nesse lugar não se vive. É uma ilha. Em 1924, mais ou menos, gente branca andou por lá construindo um museu, uma capela, uma piscina. As obras estão concluídas e abandonadas.

Eu o interrompi; queria sua ajuda para a viagem; o mercador continuou:

— Nem os piratas chineses, nem o barco pintado de branco da Fundação Rockfeller aportam nela. É foco de uma doença, ainda misteriosa, que mata de fora para dentro. Caem as unhas, o cabelo; morrem a pele e as córneas dos olhos, e o corpo sobrevive oito, quinze dias. Os tripulantes de um vapor que tinha fundeado na ilha estavam despelados, calvos, sem unhas — todos mortos —, quando o cruzador japonês *Namura* os encontrou. O vapor foi afundado a tiros de canhão.

Mas minha vida era tão horrível que resolvi partir... O italiano tentou me dissuadir; consegui que me ajudasse.

Ontem à noite, pela centésima vez, adormeci nesta ilha vazia... Olhando os edifícios, pensava em quanto deve ter custado transportar para cá essas pedras, quando seria tão fácil erguer uma pequena olaria. Dormi tarde, e a música e os gritos me acordaram de madrugada. A vida de fugitivo deixou meu sono mais leve: tenho certeza de que não chegou nenhum barco, nenhum avião, nenhum dirigível. No entanto, de uma hora para outra, nesta abafada noite de verão, o capinzal do morro se cobriu de pessoas que dançam, passeiam e nadam na piscina como veranistas que estivessem instalados faz tempo em Los Teques ou em Marienbad.

*

Dos pântanos de águas misturadas posso ver o alto do morro, os veranistas que habitam o museu. Sua inexplicável aparição poderia levar a supor que tudo é efeito do calor de ontem, sobre meu cérebro; mas não se trata de alucinações nem de imagens: há homens reais, pelo menos tão reais como eu.

Vestem roupas iguais às que se usavam faz alguns anos: detalhe este que revela (a meu ver) uma consumada frivolidade; contudo, devo reconhecer que agora há uma tendência geral a admirar-se com a magia do passado imediato.

Quem sabe que destino de condenado à morte me impele a olhá-los a toda hora, irresistivelmente. Dançam em meio ao capinzal do morro, rico em cobras. São inimigos inconscientes que, para escutar "Valencia" e "Tea for Two" — um fonógrafo muito potente impõe as canções ao ruído do vento e do mar —, privam-me de tudo aquilo que tanto trabalho me custou e é indispensável para que eu não morra, acuam-me contra o mar em pântanos deletérios.

Esse jogo de espiá-los traz perigos; como todo agrupamento de homens cultos, estes hão de trazer escondida toda uma cadeia de impressões digitais e de cônsules que, se me descobrirem, me remeterá, com alguns ritos ou trâmites, à prisão.

Exagero: observo com certo fascínio — faz tanto tempo que não vejo gente — esses abomináveis intrusos; mas seria impossível observá-los a toda hora.

Primeiro: porque tenho muito trabalho. O lugar é capaz de matar o mais traquejado dos ilhéus; eu acabo de chegar; estou sem ferramentas.

Segundo: pelo risco de que me surpreendam enquanto os observo ou na primeira visita que fizerem a esta parte da ilha; se eu quiser evitar esse risco, devo preparar esconderijos no matagal.

Finalmente: porque há dificuldades materiais para vê-los. Estão no alto do morro e para quem os espia daqui são como gigantes fugazes; só posso vê-los quando se aproximam do barranco.

Minha situação é deplorável. Sou forçado a viver neste baixio em uma época em que a maré vem subindo mais do que nunca. Poucos dias atrás, ocorreu a mais alta que já vi desde que estou na ilha.

Quando anoitece procuro galhos e os cubro com folhas. Não me admira acordar na água. A maré sobe por volta das sete da manhã; às vezes se adianta. Mas uma vez por semana ocorrem cheias que podem ser terminantes. Incisões no tronco das árvores são a contabilidade dos dias; um erro me encheria os pulmões de água.

Sinto com desagrado que este papel se transforma em testamento. Se devo resignar-me a isso, tratarei de que minhas afirmações possam ser comprovadas, de modo que quem porventura me julgar suspeito de falsidade não possa pensar que minto ao dizer que fui condenado injustamente. Porei este informe sob a divisa de Leonardo — *Hostinato rigore* — e tratarei de segui-la.

*

Creio que esta ilha se chama Villings e pertence ao arquipélago das Ellice.[*] O comerciante de tapetes Dalmacio Ombrellieri (rua Hyderabad, 21, subúrbio de Ramkrishnapur, Calcutá), poderá fornecer-lhes maiores informações. Esse italiano me alimentou durante os vários dias que passei enrolado em tapetes persas; depois me carregou no porão de um navio. Não o comprometo, ao recordá-lo neste diário; não lhe sou ingrato... A *Defesa ante sobreviventes* não deixará dúvidas: assim como na realidade, na memória dos homens — onde talvez esteja o céu — Ombrellieri terá sido caridoso para com um semelhante injustamente perseguido, até na última lembrança em que ele aparecer, todos o tratarão com benevolência.

Desembarquei em Rabaul; com o cartão de visita do comerciante, visitei um membro da sociedade mais conhecida da Sicília; no brilho metálico do luar, em meio à fumaça de fábricas de conservas de frutos do mar, recebi as últimas instruções e um bote roubado; remei exasperadamente e cheguei à ilha (com uma bússola que não entendo; sem orientação; sem chapéu; doente; com alucinações); o bote encalhou nas areias do leste (sem dúvida, os recifes de coral

---

[*] Duvido. O narrador fala de um morro e de árvores de várias espécies. As ilhas Ellice — ou *das lagunas* — são baixas e não têm nenhuma árvore além dos coqueiros arraigados no pó de coral. (NOTA DO EDITOR)

que rodeiam a ilha estavam submersos); permaneci no bote por mais de um dia, perdido em episódios daquele horror, esquecido de minha própria chegada.

*

A vegetação da ilha é abundante. Plantas, capim, flores de primavera, de verão, de outono, de inverno vão se sucedendo com urgência, com mais urgência em nascer do que em morrer, invadindo o tempo e a terra umas das outras, acumulando-se irrefreavelmente. As árvores, ao contrário, estão doentes: têm as copas secas, os troncos vigorosamente brotados. Encontro duas explicações: ou o mato está sugando a força do solo, ou as raízes das árvores já alcançaram a pedra (o fato de as árvores novas estarem saudáveis parece confirmar a segunda hipótese). As árvores do morro endureceram tanto que é impossível trabalhar sua madeira; as do baixio tampouco servem para construir nada: desmancham à menor pressão dos dedos e deixam na mão uma serragem pegajosa, umas farpas moles.

*

Na parte alta da ilha, que tem quatro barrancos cobertos de capim (há um rochedo nos barrancos do oeste), ficam o museu, a capela e a piscina. As três construções são modernas, angulares, lisas, de pedra sem polir. A pedra, como tantas vezes, parece uma imitação ruim e não combina perfeitamente com o estilo.

A capela é uma caixa oblonga, achatada (isso a faz parecer muito comprida). A piscina é bem construída, mas, como não supera o nível do chão, inevitavelmente se enche de cobras, sapos, rãs e insetos aquáticos. O museu é um edifício grande, de três andares, sem telhado aparente, com uma galeria na frente e outra menor nos fundos, com uma torre cilíndrica.

Encontrei o prédio aberto e logo me instalei nele. Eu o chamo de museu porque era assim que o mercador italiano o chamava. Por que razão? Talvez nem ele próprio soubesse. Poderia ser um esplêndido hotel, com capacidade para umas cinquenta pessoas, ou um sanatório.

O museu tem um hall com estantes inesgotáveis e deficientes: contêm apenas romances, poesia, teatro (com exceção de um livrinho — Belidor: *Travaux* — *Le Moulin Perse* — Paris, 1737 — que estava sobre uma prateleira de mármore verde e agora avoluma um dos bolsos destes molambos de calça que visto. Resolvi pegá-lo porque o nome "Belidor" me chamou a atenção e porque me perguntei se o capítulo "Moulin Perse" não explicaria o moinho que há no baixio). Percorri as estantes buscando ajuda para certas pesquisas que o processo interrompeu e que tentei retomar na solidão da ilha (creio que perdemos a imortalidade porque a resistência à morte não evoluiu; seus aperfeiçoamentos insistem na primeira ideia, rudimentar: manter vivo o corpo inteiro. Só se deveria buscar a conservação daquilo que interessa à consciência).

No hall as paredes são de mármore rosa, com alguns filetes verdes, como colunas engastadas. As janelas, com seus vidros azuis, chegariam ao andar mais alto de minha casa natal. Quatro cálices de alabastro, onde poderiam se esconder quatro meias dúzias de pessoas, irradiam luz elétrica. Os livros melhoram um pouco essa decoração. Uma porta dá para a galeria; outra, para um salão redondo; outra, minúscula, coberta por um biombo, para a escada de caracol.

Na galeria fica a escada principal, de estuque e atapetada. Há cadeiras de palha e as paredes estão cobertas de livros.

A sala de jantar mede cerca de dezesseis metros por doze. Sobre triplas colunas de mogno, em cada parede, há patamares que são como balcões para quatro divindades sentadas — uma em cada balcão — semi-índias, semiegípcias, ocres, de terracota; são três vezes maiores do que um homem; estão rodeadas de folhas escuras e proeminentes, de plantas de gesso. Embaixo dos patamares há grandes painéis com desenhos de Fujita, que destoam (pela humildade).

O piso do salão redondo é um aquário. Em invisíveis caixas de vidro, na água, há lâmpadas elétricas (a única iluminação desse cômodo sem janelas). Recordo o lugar com asco. Quando cheguei havia centenas de peixes mortos; tirá-los foi uma operação horripilante; deixei a água correr, dias e dias, mas ali sempre sinto cheiro de peixe podre (que evoca as praias da pátria, com seus *turbios* de multidões de peixes, vivos e mortos, saltando das águas e infectando vastíssimas zonas do ar, enquanto os agoniados moradores os enterram). Com o piso iluminado e as colunas de laca negra em torno dele, nesse cômodo a pessoa se imagina caminhando magicamente sobre um lago, no meio de um bosque. Por duas aberturas dá para o hall e para uma sala pequena, verde, com um piano, um fonógrafo e um biombo de espelhos, que tem vinte folhas, ou mais.

Os quartos são modernos, suntuosos, desagradáveis. Há quinze apartamentos. No meu fiz uma obra devastadora, que deu pouco resultado. Não tive mais quadros — de Picasso —, nem cristais fumês, nem estofamentos de marcas valiosas, mas vivi em uma ruína desconfortável.

*

Em duas ocasiões análogas fiz minhas descobertas nos porões. Na primeira — tinham começado a escassear os mantimentos na despensa — estava à procura de alimentos e descobri a usina.

Quando estava percorrendo o porão, reparei que nenhuma das paredes tinha a claraboia que eu vira de fora, com grades e vidros espessos, meio escondida entre os galhos de uma conífera. Como imerso em uma discussão com alguém que sustentasse ser a claraboia irreal, vista em sonhos, saí para verificar se ela ainda estava lá.

Tornei a vê-la. Desci até o porão e tive muita dificuldade para me orientar e encontrar, por dentro, o local que correspondia à claraboia. Ela estava atrás de uma das paredes. Procurei fendas, portas secretas. A parede era muito lisa e muito sólida. Pensei que, em uma ilha, em um lugar murado, devia haver um tesouro; mas resolvi quebrar a parede e entrar, porque me pareceu mais verossímil que houvesse, se não metralhadoras e munições, pelo menos um depósito de víveres.

Com uma barra de ferro que servia para travar uma porta, e uma crescente languidez, abri um buraco: brotou uma claridade azulada. Trabalhei muito e, na mesma tarde, consegui entrar. Minha primeira sensação não foi o desapontamento por não encontrar víveres, nem o alívio por reconhecer uma bomba de água e uma usina de luz, e sim a admiração prazerosa e prolongada: as paredes, o teto e o piso eram de porcelana azul-celeste, e até mesmo o ar (naquele recinto sem nenhuma ligação com o exterior além de uma claraboia alta e escondida entre os galhos de uma árvore) tinha a diafaneidade celeste e profunda que há na espuma das cataratas.

Entendo muito pouco de motores, mas não demorei a fazê-los funcionar. Quando se acaba a água que recolho da chuva, aciono a bomba. Tudo isso me espantou: por mim e pela simplicidade e bom estado das máquinas. Não ignoro que, para resolver qualquer falha, conto apenas com minha resignação. Sou tão inepto que ainda não consegui descobrir a finalidade de uns motores verdes que estão no mesmo recinto, nem daquela roda com pás que há no baixio do sul (conectada ao porão por um tubo de ferro; se não estivesse tão longe da costa, diria que tem alguma relação com as marés; poderia imaginar que serve para carregar os acumuladores que a usina deve ter). Por causa dessa minha inépcia, economizo ao máximo; só ligo os motores quando é indispensável.

Em uma ocasião, porém, todas as luzes do museu permaneceram a noite inteira acesas. Foi a segunda vez que fiz descobertas nos porões.

Eu estava doente. Esperava que em alguma parte do museu houvesse um armário com remédios; no alto não havia nada; desci aos porões e... nessa noite ignorei minha doença, esqueci que os horrores que estava passando surgiam apenas nos sonhos. Descobri uma porta secreta, uma escada, um segundo porão. Entrei em uma câmara poliédrica — parecida com certos abrigos antiaéreos, que vi no cinematógrafo — com as paredes recobertas de placas de dois tipos — umas de um material semelhante à cortiça, outras de mármore —, simetricamente distribuídas. Dei um passo: por arcadas de pedra, em oito direções, vi repetida, como em espelhos, oito vezes a mesma câmara. Depois ouvi muitos passos, terrivelmente claros, ao meu redor, em cima, embaixo, caminhando pelo museu. Avancei mais um pouco: os ruídos se apagaram, como em um ambiente de neve, como nas frias alturas da Venezuela.

Subi a escada. Havia o silêncio, o ruído solitário do mar, a imobilidade com fugas de centopeias. Temi uma invasão de fantasmas, uma invasão de policiais, menos verossímil. Passei horas atrás das cortinas, angustiado pelo esconderijo que havia escolhido (podia ser visto de fora; se quisesse fugir de alguém que estivesse dentro do recinto, teria de abrir a janela). Depois me atrevi a vasculhar a casa, mas continuava inquieto: ouvira passos nítidos rodeando-me, em diferentes alturas, movediços.

De madrugada desci de novo ao porão. Fui rodeado pelos mesmos passos, de perto e de longe. Mas desta vez os entendi. Inquieto, continuei a percorrer o segundo porão, escoltado intermitentemente pela revoada solícita dos ecos, multiplicadamente só. Há nove câmaras iguais; outras cinco em um porão inferior. Parecem abrigos antiaéreos. Quem poderia, em 1924, mais ou menos, ter construído este edifício? Por que o teriam abandonado? Que bombardeios temiam? Espanta que os engenheiros de uma casa tão bem construída tenham respeitado o moderno preconceito contra os frisos a ponto de ter feito este abrigo que põe à prova o equilíbrio mental: os ecos de um suspiro fazem ouvir suspiros, ao lado, distantes, durante dois ou três minutos. Onde não há ecos o silêncio é tão horrível como o peso que não deixa fugir, nos sonhos.

O leitor atento poderá extrair do meu informe um catálogo de objetos, de situações, de fatos mais ou menos assombrosos; o último é a aparição dos atuais habitantes do morro. Cabe relacionar essas pessoas com as que viveram em 1924? Será o caso de ver nos turistas de hoje os construtores do museu, da capela, da piscina? Reluto a acreditar que uma dessas pessoas tenha alguma vez interrompido "Tea for Two" ou "Valencia" para fazer o projeto desta casa, infestada de ecos, sem dúvida, mas à prova de bombas.

*

No rochedo há uma mulher olhando o pôr do sol, todas as tardes. Tem um lenço colorido amarrado na cabeça; as mãos juntas, sobre um joelho; sóis pré-natais devem ter dourado sua pele; pelos olhos, pelo cabelo negro, pelo busto, parece uma dessas boêmias ou espanholas dos quadros mais detestáveis.

Aumento com pontualidade as páginas deste diário preterindo aquelas que me escusarão dos anos que minha sombra se demorou sobre a terra (*Defesa ante sobreviventes* e *Elogio de Malthus*). Entretanto, o que hoje escrevo será uma precaução. Estas linhas permanecerão invariáveis, apesar da tibieza das minhas convicções. Hei de me ajustar ao que agora sei: convém à minha segurança renunciar, incessantemente, a qualquer auxílio de um próximo.

*

Não espero nada. Isto não é horrível. Depois de tomar essa decisão, ganhei tranquilidade.

Mas essa mulher me deu uma esperança. Devo temer as esperanças.

Olha o pôr do sol todas as tardes; escondido, olho para ela. Ontem, hoje de novo, descobri que minhas noites e meus dias esperam por essa hora. A mulher, com a sensualidade de uma zíngara e com seu enorme lenço colorido, parece-me ridícula. Sinto, no entanto, talvez meio de brincadeira, que, se eu pudesse ser olhado um instante, abordado um instante por ela, afluiria juntamente o socorro que o homem tem nos amigos, nas namoradas e naqueles que estão em seu próprio sangue.

Minha esperança pode ser obra dos pescadores e do tenista barbudo. Hoje irritou-me encontrá-la com esse falso tenista; não tenho ciúmes, mas ontem também não a vi; ia para o rochedo, e os tais pescadores me impediram de seguir; não me disseram nada: fugi antes de ser visto. Tentei contorná-los pelo alto; impossível: tinham amigos, assistindo à pescaria. Quando dei meia-volta, o sol já se escondera, só as rochas testemunhavam a noite.

Talvez eu esteja preparando um desatino irremediável; talvez essa mulher, aquecida pelo sol de todas as tardes, me entregue à polícia.

Sei que a calunio; mas não me esqueço do alcance da lei. Aqueles que condenam impõem tempos, defesas que nos aferram à liberdade, dementemente.

Agora, tomado pela sujeira e de pelos que não posso extirpar, um pouco velho, embalo a esperança da proximidade benigna dessa mulher indubitavelmente linda.

Espero que minha enorme dificuldade seja passageira: superar a primeira impressão. Esse falso impostor não me vencerá.

*

Em quinze dias houve três grandes inundações. Ontem a sorte me salvou de morrer afogado. Quase fui surpreendido pela água. Confiando-me nas marcas na árvore, calculei a maré para hoje. Se eu tivesse adormecido de madrugada, estaria morto. Muito cedo a água já estava subindo com o ímpeto que tem uma vez por semana. Minha negligência foi tão grande que agora não sei a que atribuir essas surpresas: se a erros de cálculo ou a uma perda transitória da regularidade das grandes marés. Se as marés alteraram sua rotina, a vida neste baixio será ainda mais precária. Em todo caso, me adaptarei. Já sobrevivi a tantas adversidades!

Vivi doente, dolorido, com febre, durante muitíssimo tempo; ocupadíssimo em não morrer de fome; sem poder escrever (com esta cara indignação que devo aos homens).

Quando cheguei, havia alguns mantimentos na despensa do museu. Em um forno clássico e tisnado, com farinha, sal e água, elaborei um pão intragável. Pouco depois já estava comendo farinha direto do saco, em pó (com goles de água). Tudo se acabou: até mesmo umas línguas de cordeiro em mau estado, até mesmo os fósforos (com um consumo de três por dia). Tão mais evoluídos eram os inventores do fogo! Passei dias sem conta trabalhando, machucando-me, para construir uma armadilha; quando funcionou, pude comer pássaros sangrentos e doces. Segui a tradição dos solitários; tenho comido, também, raízes. A dor, uma lividez úmida e horrível, catalepsias que não me deixaram lembrança, inesquecíveis medos sonhados, permitiram-me conhecer as plantas mais venenosas.*

Estou aflito: não tenho as ferramentas; a região é malsã, adversa. Mas, faz alguns meses, minha vida atual me pareceria um exagerado paraíso.

As marés diárias não são perigosas nem pontuais. Às vezes levantam os galhos cobertos de folhas que estendo para dormir e amanheço em um mar impregnado das águas barrentas dos pântanos.

Resta-me a tarde para caçar; de manhã estou com a água pela cintura; os movimentos pesam como se a parte do corpo que está submersa fosse muito grande; em compensação, há menos lagartos e cobras; os mosquitos estão presentes o dia inteiro, o ano inteiro.

As ferramentas estão no museu. Aspiro a ter coragem, a empreender uma expedição para resgatá-las. Talvez não seja indispensável: essa gente há de desaparecer; talvez eu tenha sofrido alucinações.

O bote ficou fora do meu alcance, na praia do leste. Não perco grande coisa: saber que não estou preso, que posso deixar a ilha; mas pude mesmo deixá-la alguma vez? Conheço o inferno que esse bote encerra. Vim de Rabaul até aqui. Não tinha água para beber, não tinha chapéu. A remo, o mar é inesgotável. A insolação, o cansaço eram maiores que meu corpo. Fui acometido de uma ardente doença e de sonhos que não se cansavam.

---

* Viveu, sem dúvida, sob coqueiros carregados. Não menciona os cocos. Será possível que não os tenha visto? Ou será que, atacados pela peste, os coqueiros não davam cocos? (NOTA DO EDITOR)

Minha sorte agora é distinguir as raízes comestíveis. Consegui organizar a vida tão bem que faço todos os trabalhos e ainda me resta algum tempo para descansar. Nesta amplidão me sinto livre, feliz.

Ontem me atrasei; hoje estive trabalhando ininterruptamente; ainda assim, algumas tarefas ficaram para amanhã; quando há tanta coisa a fazer, a mulher das tardes não me desvela.

Ontem pela manhã o mar invadia os baixios. Eu nunca tinha visto uma maré dessa amplitude. Ainda estava subindo quando começou a chover (aqui, as chuvas são infrequentes, fortíssimas, com vendavais). Tive de buscar abrigo.

Lutando contra o escorregadio da ladeira, o ímpeto da chuva, o vento e os galhos, subi o morro. Tive então a ideia de me esconder na capela (o local mais solitário da ilha).

Estava nas saletas reservadas para o desjejum e a troca de roupa dos sacerdotes (não vi nenhum padre nem pastor entre os ocupantes do museu), e de súbito havia lá duas pessoas, bruscamente presentes, como se não tivessem chegado, como se tivessem aparecido apenas em minha vista ou imaginação... Tratei de me esconder — irresoluto, desajeitado — embaixo do altar, entre rendas e sedas vermelhas. Não me viram. Ainda perdura meu espanto.

Fiquei algum tempo, imóvel, agachado, em uma postura desconfortável, espiando por entre as cortinas de seda que há embaixo do altar-mor, com a atenção voltada para os ruídos interpostos pela tempestade, olhando os montículos dos formigueiros, escuros, as trilhas movediças das formigas, pálidas e grandes, as lajotas soltas... Atento aos pingos contra os muros e o telhado, à água trêmula nas calhas, à chuva no adro próximo, aos trovões, aos confusos ruídos do temporal, das árvores, do mar na praia, das vigas imediatas, tentando isolar os passos ou a voz de alguém que estivesse avançando para meu refúgio, evitar outra aparição inesperada...

Entre os ruídos, comecei a ouvir fragmentos de uma melodia concisa, muito remota... Parei de ouvi-la e pensei que tinha sido como essas figuras que, segundo Leonardo, aparecem quando fitamos manchas de umidade por algum tempo. A música ressurgiu, e fiquei com a vista enevoada, embalado por sua harmonia, convulso antes de me aterrorizar por completo.

Pouco depois fui até a janela. A água, esbranquiçada contra o vidro, sem brilho, profundamente fosca no ar, mal permitia ver... Minha surpresa foi tão grande que não me precavi de olhar pela porta aberta.

Aqui vivem os heróis do esnobismo (ou os hóspedes de um manicômio abandonado). Sem espectadores — ou sou eu o público previsto desde o princípio —, para ser originais, ultrapassam o limite do desconforto suportável, desafiam a morte. Isto é verídico, não é uma invenção do meu rancor... Eles tinham trazido o fonógrafo que fica na saleta verde, junto ao salão do aquário, e mulheres e homens, sentados em bancos ou na grama, conversavam, escutavam música e dançavam em meio a uma tempestade de água e vento que ameaçava arrancar todas as árvores.

*

Agora a mulher do lenço me é imprescindível. Talvez todo esse empenho higiênico em não esperar seja um pouco ridículo. Não esperar da vida, para não arriscá-la; dar-se por morto, para não morrer. De repente isso me pareceu um letargo pavoroso, inquietíssimo; quero que acabe. Depois da fuga, depois de ter vivido sem atentar a um cansaço que me destruía, conquistei a calma; minhas decisões talvez me devolvam a esse passado ou aos juízes; são preferíveis a este longo purgatório.

Começou há oito dias. Foi quando registrei o milagre da aparição dessas pessoas; à tarde, tremi perto do rochedo do oeste. Disse a mim mesmo que tudo era vulgar: o tipo boêmio da mulher e minha paixão típica de solitário acumulado. Voltei por mais duas tardes: a mulher estava lá; comecei a achar que a única coisa milagrosa era isso; seguiram-se os dias aziagos dos pescadores, quando não a vi, do barbudo, da inundação, de reparar os estragos da inundação. Hoje à tarde...

*

Estou assustado; porém, com maior insistência, desgostoso de mim. Agora devo esperar a chegada dos intrusos, a qualquer momento; se demorarem, *malum signum*: virão me prender. Esconderei este diário, prepararei uma explicação e os aguardarei não muito longe do bote, decidido a lutar, a fugir. Contudo, não me acautelo dos perigos. Estou contrariadíssimo: cometi descuidos que podem privar-me da mulher, para sempre.

Depois de tomar banho, limpo e mais desarrumado (por efeito da umidade na barba e no cabelo), fui vê-la. Tinha traçado o seguinte plano: esperá-la no rochedo; a mulher, ao chegar, me encontraria absorto no pôr do sol; a surpresa, o provável receio, teriam tempo de se transformar em curiosidade; mediaria favoravelmente a comum devoção pelo entardecer; ela me perguntaria quem sou; ficaríamos amigos...

Cheguei tarde demais (minha impontualidade me exaspera. E pensar que naquela corte dos vícios chamada mundo civilizado, em Caracas, foi uma das minhas características mais pessoais!).

Estraguei tudo: ela estava olhando o entardecer e, bruscamente, surgi de trás de umas pedras. Bruscamente, e hirsuto, e visto de baixo, devo ter aparecido com meus atributos de horror acrescidos.

Os intrusos devem chegar a qualquer momento. Não preparei uma explicação. Não tenho medo.

Essa mulher é algo mais que uma falsa cigana. Espanta-me sua coragem. Nada anunciou que me tivesse visto. Nem um pestanejar, nem um leve sobressalto.

O sol ainda estava acima do horizonte (não o sol; a aparência do sol; era o momento em que já se pôs, ou vai se pôr, e o vemos onde não está). Eu tinha escalado as rochas com urgência. Então a vi: o lenço colorido, as mãos cruzadas sobre um joelho, seu olhar, aumentando o mundo. Minha respiração se tornou irreprimível. Os penhascos, o mar, pareciam trêmulos.

Enquanto pensava nisso, ouvi o mar, com seu ruído de movimento e de fadiga, a meu lado, como se tivesse vindo pôr-se a meu lado. Consegui acalmar-me um pouco. Era improvável que se ouvisse minha respiração.

Então, para adiar o momento de abordá-la, descobri uma antiga lei psicológica. Convinha-me falar de um lugar alto, que me permitisse olhar de cima. Essa maior elevação material compensaria, em parte, minhas inferioridades.

Escalei outras rochas. O esforço piorou meu estado. Também o pioraram:

A pressa: eu me impusera a obrigação de lhe falar imediatamente. Se quisesse evitar que ela sentisse desconfiança — devido ao isolamento do lugar, à escuridão — não podia esperar nem mais um minuto.

Vê-la: como que posando para um fotógrafo invisível, tinha a calma da tarde, porém mais imensa. Eu ia interrompê-la.

Dizer qualquer coisa era um expediente temerário. Ignorava se eu tinha voz.

Olhei para ela, escondido. Temi que me surpreendesse espiando-a; apareci ao seu olhar, talvez, demasiado bruscamente; no entanto, a paz do seu peito não se alterou; o olhar prescindia de mim, como se eu fosse invisível.

Não desisti.

— Senhorita, quero que me escute — disse, na esperança de que ela não acatasse meu pedido, porque estava tão emocionado que havia esquecido o que devia lhe dizer. Pensei que a palavra *senhorita* soava ridícula na ilha. De resto, era imperativa demais (combinada com a aparição repentina, a hora, a solidão).

Insisti:

— Entendo que não se digne...

Não consigo recordar, com exatidão, as coisas que eu lhe disse. Estava quase inconsciente. Falei-lhe com uma voz comedida e baixa, com uma compostura que sugeria obscenidades. Resvalei, de novo, no *senhorita*. Desisti das palavras e pus-me a contemplar o poente, esperando que a visão compartilhada daquela calma nos aproximasse. Voltei a falar. O esforço que eu fazia para me controlar baixava a voz, aumentava a obscenidade do tom. Passaram-se outros minutos de silêncio. Insisti, implorei, de um modo repulsivo. Por fim, cheguei ao ridículo: trêmulo, quase aos gritos, pedi que me insultasse, que me delatasse, mas que não continuasse em silêncio.

Não foi como se não me tivesse ouvido, como se não me tivesse visto; foi como se os ouvidos que tinha não servissem para ouvir, como se os olhos não servissem para ver.

De certo modo me insultou; demonstrou que não me temia. Já era noite quando recolheu a sacola de costura e se encaminhou devagar para o alto do morro.

Os homens ainda não vieram me buscar. Talvez não venham esta noite. Talvez essa mulher seja em tudo igualmente assombrosa e não tenha comentado com eles sobre minha aparição. A noite é escura. Conheço bem a ilha: não temo um exército, se me procurar de noite.

*

Foi, de novo, como se não me visse. Não cometi outro erro além de permanecer calado e deixar que o silêncio se restabelecesse.

Quando a mulher chegou ao rochedo, eu estava olhando o poente. Ficou imóvel, à procura de um lugar onde estender a manta. Depois caminhou em minha direção. Se eu esticasse o braço, teria tocado nela. Essa possibilidade me horrorizou (como se me expusesse ao risco de tocar um fantasma). Em sua prescindência de mim havia algo de terrível. Contudo, ao se sentar ao meu lado, ela me desafiava e, de certo modo, punha fim a essa prescindência.

Tirou um livro da sacola e ficou lendo. Aproveitei a trégua, para sossegar.

Depois, quando a vi abandonar o livro, erguer os olhos, pensei: "Está preparando uma interpelação". Esta não se deu. O silêncio crescia, incontornável. Percebi a gravidade de não interrompê-lo; mas, sem obstinação, sem motivo, permaneci calado.

Nenhum de seus companheiros veio me procurar. Talvez ela não lhes tenha falado de mim; talvez se sintam intimidados por meu conhecimento da ilha (por isso a mulher volta todo dia, simulando um episódio sentimental). Desconfio. Estou alerta para surpreender a mais sorrateira conspiração.

Descobri em mim uma propensão a prever as consequências ruins, exclusivamente. Foi-se formando nos últimos três ou quatro anos; não é casual; é aflitiva. O fato de a mulher voltar, a proximidade que ela procurou, tudo parece indicar uma mudança por demais feliz para que eu possa imaginá-la... Quem sabe eu consiga esquecer minha barba, minha idade, a polícia que tanto me perseguiu, que ainda deve estar me procurando, obstinada, como uma maldição eficaz. Não devo alimentar esperanças. Mal acabo de escrever isto e me assalta uma ideia que é uma esperança. Não acredito que eu tenha insultado a mulher, mas talvez fosse oportuno desagravá-la. O que um homem faz em ocasiões como essa? Manda flores. É um projeto ridículo... mas a pieguice, quando humilde, tem grande império sobre o coração. Na ilha há muitas flores. Quando cheguei, restavam alguns canteiros em volta da piscina do museu. Certamente poderei fazer um jardinzinho na grama que orla o rochedo. Talvez a natureza sirva para conquistar a intimidade de uma mulher. Talvez me sirva para acabar com o silêncio e a cautela. Este será meu último recurso poético. Nunca combinei cores; de pintura não entendo quase nada... Ainda assim, acredito que possa fazer um trabalho modesto, que denote gosto pela jardinagem.

*

Levantei de madrugada. Sentia que o mérito de meu sacrifício bastava para cumprir o trabalho.

Vi as flores (pululam na parte baixa dos barrancos). Arranquei as que me pareceram menos desagradáveis. Mesmo as de cores vagas têm uma vitalidade quase animal. Pouco depois olhei para elas, na intenção de arrumá-las, porque já não me cabiam embaixo do braço: estavam mortas.

Ia desistir do projeto quando me lembrei que um pouco mais acima, à vista do museu, há outro lugar com muitas flores. Como era cedo, considerei que não havia riscos em subir para vê-las. Os intrusos deviam estar dormindo, sem dúvida.

São flores minúsculas e ásperas. Arranquei uma porção delas. Não têm aquela monstruosa urgência de morrer.

Seus inconvenientes: o tamanho e estarem à vista do museu.

Passei quase toda a manhã expondo-me a ser descoberto por qualquer pessoa que ousasse acordar antes das dez. Parece que tão modesto requisito da calamidade não se cumpriu. Durante meu trabalho de recolher as flores não parei de vigiar o museu, e não vi nenhum de seus ocupantes; isso me permite supor que tampouco me viram.

As flores são muito pequenas. Terei de plantar milhares delas, se não quiser um jardinzinho ínfimo (seria mais bonito, e mais fácil de fazer, mas existe o risco de que a mulher não o veja).

Apliquei-me a preparar os canteiros, a romper a terra (está dura, as superfícies planejadas são muito vastas), a regar com água da chuva. Quando terminar o preparo da terra, terei de procurar mais flores. Farei o possível para que não me surpreendam, sobretudo para que não interrompam o trabalho ou o vejam antes que esteja pronto. Não me lembrei que, para movimentar as plantas, há exigências cósmicas. Eu me nego a acreditar que, depois de tantos riscos, de tanto cansaço, as flores possam não chegar vivas até o pôr do sol.

Careço de senso estético para jardins; em todo caso, em meio ao capim e aos tufos de mato, o trabalho terá um efeito comovente. Será uma fraude, claro; segundo meus planos, hoje à tarde será um jardim cuidado; amanhã talvez esteja morto ou sem flores (se ventar).

Sinto um pouco de vergonha ao declarar meu projeto. Uma imensa mulher sentada, olhando o poente, com as mãos entrelaçadas sobre um joelho; um homem exíguo, feito de folhas, ajoelhado aos pés da mulher (abaixo desse personagem porei a palavra "EU" entre parênteses).

Haverá esta inscrição:

Sublime, não distante e misteriosa,
com o silêncio vivo de uma rosa.

*

Meu cansaço é, quase, uma doença. Tenho à mão o céu de me deitar sob as árvores até as seis horas da tarde. Vou postergá-lo. A razão desta necessidade de escrever deve estar nos nervos. O pretexto é que agora meus atos me encaminham a um de meus três futuros: a companhia da mulher, a solidão (ou seja, a morte em que passei os últimos anos, impensável depois de ter contemplado a mulher), a horrorosa justiça. A qual deles? Difícil sabê-lo com tempo. Contudo, a redação e a leitura destas memórias podem me ajudar nessa previsão tão útil; quem sabe também me permitam cooperar na produção do futuro conveniente.

Trabalhei como um executante prodigioso; a obra foge de qualquer relação com os movimentos que a realizaram. Talvez a magia dependa disso: era necessário aplicar-se às partes, à dificuldade de plantar cada flor e alinhá-la com a precedente. Era impossível, em pleno trabalho, prever a obra concluída; poderia resultar em um desordenado conjunto de flores, ou em uma mulher, indistintamente.

Apesar de tudo, a obra não parece improvisada; é de uma satisfatória pulcritude. Não pude cumprir com meu projeto. Imaginariamente, não é mais difícil uma mulher sentada, com as mãos entrelaçadas sobre um joelho, do que uma mulher de pé; feita de flores, a primeira é quase impossível. A mulher está de frente, com os pés e a cabeça de perfil, olhando um pôr do sol. O rosto e um lenço de flores roxas formam a cabeça. A pele não ficou boa. Não consegui obter aquele seu tom queimado, que me repugna e que me atrai. O vestido é de flores azuis; tem debruns brancos. O sol é feito de uns estranhos girassóis que crescem aqui. O mar, das mesmas flores do vestido. Eu estou de perfil, ajoelhado. Sou minúsculo (um terço do tamanho da mulher) e verde, feito de folhas.

Modifiquei a inscrição. A primeira se mostrou longa demais para ser feita de flores. Transformei-a nesta:

Minha morte nesta ilha desvelaste.

Alegrava-me ser um morto insone. Por causa desse prazer, descuidei da cortesia; a frase podia conter uma reprovação implícita. Voltei, contudo, a essa ideia. Acredito que me cegavam: o agrado de me apresentar como um ex-morto; a descoberta literária ou piegas de que a morte era impossível ao lado dessa mulher. Dentro de sua monotonia, as aberrações eram quase monstruosas:

Um morto nesta ilha desvelaste.

ou:

Já não estou morto: estou apaixonado.

Desanimei. A inscrição de flores diz:

A tímida homenagem de um amor.

*

Tudo aconteceu dentro da mais previsível normalidade, mas de uma forma inesperadamente benigna. Estou perdido. Ao lavrar este jardinzinho cometi um erro terrível, como Ájax — ou algum outro nome helênico, já esquecido — quando esfaqueou os animais; só que neste caso eu sou os animais esfaqueados.

A mulher chegou mais cedo que de costume. Deixou a sacola (com um livro escapando) sobre uma rocha, e sobre outra, mais plana, estendeu a manta. Vestia traje de tênis, com um lenço, quase roxo, na cabeça. Permaneceu algum tempo contemplando o mar, como que adormecida; depois se levantou e foi pegar o livro. Moveu-se com aquela liberdade que temos quando estamos sós. Passou, na ida e na volta, junto ao meu jardinzinho, mas fingiu não vê-lo. Não estava ansioso de que o visse; pelo contrário, quando a mulher apareceu, percebi meu assombroso equívoco, sofri por não poder suprimir uma obra que me condenava para sempre. Fui me acalmando, talvez perdendo a consciência. A mulher abriu o livro, pousou uma das mãos entre as folhas, continuou olhando a tarde. Não se retirou até o anoitecer.

Agora me consolo refletindo sobre minha condenação. É justa ou não é? Que devo esperar, depois de dedicar-lhe esse jardinzinho de mau gosto? Acredito, sem revolta, que a obra não deveria ser minha perdição, já que posso criticá-la. Para um ser onisciente, eu não sou o homem que esse jardim faz temer. Contudo, fui eu quem o criou.

Estava prestes a dizer que nele se manifestavam os riscos da criação, a dificuldade de abrigar diversas consciências, equilibradamente, simultaneamente. Mas de que vale? São lânguidas consolações. Tudo está perdido: a vida com a mulher, a solidão passada. Sem refúgio perduro neste monólogo que, de agora em diante, é injustificável.

Apesar dos nervos, hoje me senti inspirado, quando a tarde se desmanchava participando da incontaminada serenidade, da magnificência da mulher. Esse bem-estar voltou a me invadir de noite; tive um sonho com o lupanar de mulheres cegas que visitei com Ombrellieri, em Calcutá. Apareceu a mulher e o lupanar foi se transformando em um palácio florentino, rico, artesoado. Eu, confusamente, prorrompi: "Que romântico!", choroso de felicidade poética e de vaidade.

Mas acordei algumas vezes, angustiado por minha falta de méritos para a estrita delicadeza da mulher. Nunca me esquecerei: dominou a aversão que meu horrendo jardinzinho lhe causou e, piedosamente, fingiu não vê-lo. Angustiava-me, também, ouvir "Valencia" e "Tea for Two", que um excessivo gramofone repetiu até o raiar do sol.

*

Tudo o que tenho escrito sobre meu destino — com esperanças ou com temor, de brincadeira ou a sério — me mortifica.

O que sinto é desagradável. Parece-me que há muito sabia do alcance funesto de meus atos e que insisti com frivolidade e obstinação... Poderia ter mantido essa conduta em um sonho, na loucura... Na sesta de hoje, como um comentário simbólico e antecipado, tive um sonho: enquanto jogava uma partida de *croquet*, soube que a ação de meu jogo estava matando um homem. Depois eu mesmo era, irremediavelmente, esse homem.

Agora o pesadelo continua... Meu fracasso é definitivo, e o que faço é contar sonhos. Quero acordar, e encontro aquela resistência que impede escapar dos sonhos mais atrozes.

Hoje a mulher fez questão de que eu sentisse sua indiferença. Conseguiu. Mas sua tática é desumana. Eu sou a vítima; contudo, acredito ver a questão de modo objetivo.

Ela apareceu com o horroroso tenista. A presença desse homem deve acalmar os ciúmes. É muito alto. Usava uma jaqueta de tênis, grená, folgada demais, calças brancas e sapatos brancos e amarelos, imensos. A barba parecia postiça. A pele é feminina, cerosa, marmórea nas têmporas. Os olhos são escuros; os dentes, abomináveis. Fala devagar, abrindo muito a boca, pequena, redonda, vocalizando infantilmente, mostrando uma língua pequena, redonda, carmesim, sempre colada aos dentes inferiores. As mãos são longuíssimas, pálidas; adivinho nelas um tênue revestimento de umidade.

Tratei de logo me esconder. Ignoro se ela me viu; imagino que sim, porque em nenhum momento pareceu procurar-me com a vista.

Tenho certeza de que o homem não reparou, até mais tarde, no jardinzinho. Ela fingiu não vê-lo.

Ouvi algumas exclamações francesas. Depois não falaram mais. Ficaram como que subitamente entristecidos, fitando o mar. O homem disse alguma coisa. Cada vez que uma onda se quebrava contra as pedras, eu dava dois ou três passos, rapidamente, aproximando-me. Eram franceses. A mulher moveu a cabeça; não ouvi o que ela disse, mas sem dúvida era uma negativa; tinha os olhos fechados e sorria com amargura ou com êxtase.

— Acredite em mim, Faustine — disse o barbudo, com malcontido desespero, e eu então soube o nome dela: Faustine. (Mas isso já perdeu toda importância.)

— Não... sei bem o que o senhor pretende...

Sorria, sem amargura nem êxtase, frivolamente. Recordo que naquele momento a odiei. Zombava do barbudo e de mim.

— É uma desgraça não nos entendermos. O prazo é curto: três dias, e já nada importará.

Não entendo bem a situação. Esse homem há de ser meu inimigo. Pareceu-me triste; não me espantaria que sua tristeza fosse um jogo. O de Faustine é insuportável, quase grotesco.

O homem quis reduzir a importância de suas palavras anteriores. Disse várias frases que tinham, mais ou menos, o seguinte sentido:

— Não devemos nos preocupar. Não vamos discutir eternamente...

— Morel — respondeu Faustine tolamente —, sabe que o acho misterioso?

As perguntas de Faustine não conseguiram demovê-lo de um tom jocoso.

O barbudo foi pegar seu lenço e sua sacola. Estavam em uma rocha, a poucos metros. Voltou agitando-os e dizendo:

— Não leve a sério o que eu disse... Às vezes penso que despertando sua curiosidade... Mas não se zangue...

Ao ir e ao voltar, pisou em meu pobre jardinzinho. Ignoro se conscientemente ou com uma irritante inconsciência. Faustine viu o que ele fez, juro que viu, e não fez nada para me poupar essa injúria; continuou a interrogá-lo, sorridente, interessada, quase *entregue* de curiosidade. Sua atitude me parece baixa. O jardinzinho é, sem dúvida, de péssimo gosto. Por que fazê-lo pisotear por um barbudo? Já não estou bastante pisoteado?

Mas que se pode esperar de gente assim? O tipo de ambos corresponde ao ideal que sempre buscam os organizadores de longas séries de cartões-postais indecentes.

Combinam: um barbudo pálido e uma vasta cigana de olhos enormes... Acho até que já os vi nas melhores coleções do Pórtico Amarillo, em Caracas.

Ainda cabe a pergunta: que devo pensar? Certamente, é uma mulher detestável. Mas que será que ela pretende? Talvez esteja zombando de mim e do barbudo; mas também é possível que o barbudo não passe de um instrumento para ela zombar de mim. Pouco lhe importa se o faz sofrer. Talvez Morel não passe de uma ênfase em sua prescindência de mim, e um sinal de que esta vai atingindo seu ponto máximo e seu fim.

Mas, se não... Já faz tanto tempo que ela não me vê... Acho que vou matá-la, ou enlouquecer, se ela continuar. Por momentos penso que a extraordinária insalubridade da porção sul desta ilha me há de ter feito invisível. Seria uma vantagem: poderia raptar Faustine sem nenhum risco...

*

Ontem não fui ao rochedo. Muitas vezes declarei que hoje não iria. No meio da tarde, soube que iria. Faustine não foi, e quem sabe quando voltará. Seu divertimento comigo terminou (com o pisoteio do jardinzinho). Agora minha presença deve aborrecê-la como uma piada que já teve certa graça e que alguém teima em repetir. Tratarei de que não se repita.

Mas no rochedo eu estava enlouquecido: "A culpa é minha", dizia a mim mesmo (de que Faustine não aparecesse) "por ter estado tão decidido a faltar".

Subi o morro. Saí de trás de um grupo de plantas e me deparei com dois homens e uma senhora. Estaquei, não respirei; entre nós não havia nada (cinco metros de espaço vazio e crepuscular). Os homens me davam as costas; a senhora estava de frente, sentada, olhando para mim. Vi que estremeceu. Bruscamente, virou-se, olhou em direção ao museu. Eu me escondi atrás de umas plantas. Ela disse com voz alegre:

— Não é hora para histórias de fantasmas. Vamos entrar.

Não sei, ainda, se estavam realmente contando histórias de fantasmas ou se os fantasmas apareceram na frase para anunciar a ocorrência de algo estranho (minha aparição).

Retiraram-se. Um homem e uma mulher caminhavam, não muito longe. Temi que me surpreendessem. O casal se aproximou mais. Ouvi uma voz conhecida:

— Hoje não fui ver...

(Tive palpitações. Pareceu-me que eu era aludido nessa cláusula.)

— E você o lamenta?

Não sei o que Faustine respondeu. O barbudo tinha feito avanços. Já se tratavam de você.

Voltei aos baixios resolvido a permanecer lá até ser levado pelo mar. Se os intrusos vierem me procurar, não me entregarei, não escaparei.

*

Minha decisão de não aparecer diante de Faustine durou quatro dias (auxiliada por duas marés que me deram trabalho).

Fui cedo ao rochedo. Depois chegaram Faustine e o falso tenista. Falavam francês corretamente; demais até, quase como sul-americanos.

— Perdi toda sua confiança?
— Toda.
— Antes a senhora acreditava em mim.

Notei que já não se tratavam de você; mas logo lembrei que as pessoas, quando começam a se tratar com intimidade, não conseguem evitar uma ou outra recaída no tratamento formal. Talvez esse meu pensamento tenha sido influenciado pela conversa que estava escutando. Eu tinha, também, aquela ideia de retorno ao passado, mas em relação a outros temas.

— E acreditaria em mim se pudesse levá-la de volta até pouco antes daquele pôr do sol em Vincennes?

— Nunca mais conseguiria acreditar no senhor. Nunca.

— A influência do futuro sobre o passado — disse Morel, com entusiasmo e em voz muito baixa.

Depois ficaram em silêncio, fitando o mar. O homem falou como que rompendo uma angústia opressora:

— Acredite em mim, Faustine...

Parecia obstinado. Continuava a fazer os mesmos apelos que eu escutara dele oito dias antes.

— Não... sei bem o que o senhor pretende.

As conversas se repetem; são injustificáveis. Aqui não deve o leitor imaginar que está descobrindo o amargo fruto de minha situação; não deve, tampouco, contentar-se com a facílima associação das palavras *perseguido*, *solitário*, *misantropo*. Eu tinha estudado o assunto antes do processo: as conversas são intercâmbio de notícias (exemplo: meteorológicas), de indignações ou alegrias (exemplo: intelectuais), já sabidas ou compartilhadas pelos interlocutores. Tudo é movido pelo prazer de falar, de expressar acordos e desacordos.

Olhava para eles, escutava sua conversa. Senti que algo estranho acontecia; não sabia o que era. Estava indignado com aquele canalha ridículo.

— Se eu lhe dissesse tudo o que pretendo...

— Eu o insultaria?

— Ou nos entenderíamos. O prazo é curto. Três dias. É uma desgraça não nos entendermos.

Com lentidão em minha consciência, pontuais na realidade, as palavras e os movimentos de Faustine e do barbudo coincidiram com suas palavras e seus movimentos de oito dias antes. O atroz eterno retorno. Incompleto: meu jardinzinho, da outra vez mutilado pelos passos de Morel, é hoje um espaço confuso, com vestígios de flores mortas, esmagadas contra a terra.

A primeira impressão foi lisonjeira. Pensava ter feito a seguinte descoberta: em nossas atitudes há de haver inesperadas, constantes repetições. A ocasião favorável me permitiu notar esse fato. Ser testemunha clandestina de várias entrevistas das mesmas pessoas não é frequente. Como no teatro, as cenas se repetem.

Ao ouvir Faustine e o barbudo, eu corrigia minha lembrança da conversa anterior (transcrita de cabeça algumas páginas atrás).

Temi que essa descoberta pudesse ser mero efeito de uma languidez de minha memória, ou da comparação de uma cena real com outra simplificada por lapsos.

Depois, com urgente raiva, suspeitei que tudo fosse uma representação burlesca, uma farsa dirigida contra mim.

Devo aqui uma explicação. Nunca duvidei de que o mais conveniente era fazer com que Faustine sentisse nossa exclusiva importância (e que o barbudo não contava). Entretanto, eu começava a ter vontade de castigar aquele indivíduo, a me recrear com a ideia, sem desenvolvimento, de enfrentá-lo de algum modo que o pusesse em grande ridículo.

Era chegada a ocasião. Como aproveitá-la? Com empenho, procurei pensar (tomado pela raiva, exclusivamente).

Imóvel, como se refletisse, fiquei esperando a hora de surpreendê-lo. O barbudo foi buscar o lenço e a sacola de Faustine. Voltou agitando-os, dizendo (como da outra vez):

— Não leve a sério o que eu disse... Às vezes penso...

Estava a poucos metros de Faustine. Saí muito decidido a fazer qualquer coisa, mas a nada em particular. A espontaneidade é fonte de grosserias. Apontei para o barbudo, como se o estivesse apresentando a Faustine, e disse, aos gritos:

— *La femme à barbe, Madame Faustine!*

Não era uma piada feliz; nem sequer se sabia contra quem era dirigida.

O barbudo continuou caminhando em direção a Faustine e não topou comigo porque me desviei para um lado, bruscamente. A mulher não interrompeu as perguntas; não interrompeu a alegria de seu rosto. Sua tranquilidade ainda me estarrece.

Desde aquele momento até a tarde de hoje, fiquei remoendo-me de vergonha, com vontade de cair de joelhos aos pés de Faustine. Não consegui esperar até o pôr do sol. Fui até o morro, decidido a me perder e com um pressentimento de que, se tudo corresse bem, resvalaria em uma cena de apelos melodramáticos. Estava enganado. O que acontece não tem explicação. O morro está desabitado.

*

Quando vi o morro desabitado, temi encontrar a explicação em uma cilada já em curso. Com sobressalto percorri todo o museu, escondendo-me por momentos. Mas bastava olhar os móveis e as paredes, tudo como que revestido de isolamento, para me convencer de que ali não havia ninguém. E mais: para me convencer de que nunca houvera ninguém. É difícil, depois de uma ausência de quase vinte dias, poder afirmar que todos os objetos de uma casa de muitíssimos cômodos se encontram onde estavam quando a deixamos; entretanto, aceito, como uma evidência para mim, que essas quinze pessoas (mais outras tantas da criadagem) não mexeram um banco, uma luminária ou — se mexeram em algo — recolocaram tudo no lugar, na posição em que estava antes. Inspecionei a cozinha, a lavanderia: a comida que deixei, faz vinte dias, a roupa (roubada de um armário do museu), posta a secar faz vinte dias, estavam no mesmo lugar, a primeira podre, a segunda seca, ambas intactas.

    Gritei naquela casa deserta: "Faustine! Faustine!". Não houve resposta.

    Há dois fatos — um fato e uma lembrança — que agora vejo reunidos, sugerindo uma explicação. Nos últimos tempos eu me dedicara a experimentar novas raízes. Acho que no México os índios conhecem uma beberagem preparada com o caldo de raízes — esta é a lembrança (ou o esquecimento) — que proporciona delírios por muitos dias. A conclusão (relacionada à presença de Faustine e seus amigos na ilha) é logicamente admissível; no entanto, só se eu estivesse brincando poderia levá-la a sério. Parece que estou brincando: perdi Faustine e me atenho à formulação desses problemas para um observador hipotético, para um terceiro.

Mas me lembrei, incrédulo, de minha condição de fugitivo e do poder infernal da justiça. Talvez tudo fosse um imenso estratagema. Não devia esmorecer, não devia diminuir minha capacidade de resistência: a *catástrofe* poderia ser extremamente horrível.

Inspecionei a capela, os porões. Resolvi procurar por toda a ilha antes de me deitar. Fui ao rochedo, ao capinzal do morro, às praias, aos baixios (por um excesso de prudência). Tive de admitir que os intrusos não estavam na ilha.

Quando voltei ao museu era quase noite. Estava nervoso. Desejava a claridade da luz elétrica. Testei muitos interruptores; não havia luz. Isso parece confirmar minha suposição de que as marés devem fornecer energia aos motores (por meio daquele moinho hidráulico de rodízio que há nos baixios). Os intrusos desperdiçaram luz. Depois das duas marés passadas, houve um prolongado intervalo de calmaria. Terminou hoje à tarde, assim que entrei no museu. Tive de fechar tudo; parecia que o vento e o mar iam destruir a ilha.

No primeiro porão, entre motores desmesurados na penumbra, senti-me peremptoriamente abatido. O esforço indispensável para me suicidar era supérfluo, já que, desaparecida Faustine, não me restava nem sequer a anacrônica satisfação da morte.

*

Num gesto de vago compromisso, para justificar a descida, tentei acionar o gerador de luz. Houve algumas leves explosões e a calma interior se reestabeleceu, em meio a uma tempestade que sacudia os galhos de um cedro contra o vidro espesso da lumeeira.

Não me lembro como saí. Chegando ao térreo, ouvi um motor; a luz, com ubíqua velocidade, envolveu tudo e me pôs diante de dois homens: um vestido de branco, outro de verde (um cozinheiro e um criado). Não sei qual deles perguntou (em espanhol):

— Por que será que ele escolheu este lugar perdido?

— Só ele que sabe (*também em espanhol*).

Escutei ansioso. Era outra gente. Essas novas aparições (do meu cérebro castigado por carências, tóxicos e sóis, ou desta ilha tão mortal) eram ibéricas e suas frases me levavam a concluir que Faustine não tinha regressado.

Continuavam falando com voz tranquila, como se não tivessem ouvido meus passos, como se eu não estivesse presente.

— Certo; mas como foi que Morel teve a ideia...?

Foram interrompidos por um homem que soltou, furioso:

— O que estão esperando? Faz uma hora que a comida ficou pronta.

Olhou-os fixo (tão fixo que me perguntei se não estaria lutando contra a tentação de me olhar) e em seguida desapareceu, gritando. Foi seguido pelo cozinheiro; o criado correu na direção oposta.

Eu fazia um grande esforço para me acalmar, mas tremia. Soou um gongo. Minha vida teve momentos em que os heróis reconheceriam o medo. Acho que agora mesmo não estariam tranquilos. Mas então o horror se acumulou. Por sorte, durou pouco. Recordei aquele gongo. Já o ouvira muitas vezes na sala de jantar. Pensei em fugir. Sosseguei um pouco. Fugir de verdade era impossível. A tempestade, o bote, a noite... Mesmo que a tempestade cessasse, não seria menos horrível adentrar-se no mar, naquela noite sem lua. Além disso, o bote não se manteria à tona por muito tempo... Quanto aos baixios, certamente estavam alagados. Minha fuga terminaria muito perto. Mais valia escutar; vigiar os movimentos daquela gente; esperar.

Olhei em redor e me escondi (sorrindo para formular minha suficiência) em um quartinho embaixo da escada. Isso (pensei mais tarde) foi uma grande tolice. Se me procurassem, sem dúvida olhariam lá. Permaneci algum tempo sem pensar, muito calmo, mas ainda confuso.

Não via a solução de dois problemas:

Como eles chegaram à ilha? Com aquela tempestade, nenhum capitão ousaria se aproximar; imaginar um transbordo e um desembarque por meio de botes era absurdo.

Quando chegaram? A comida já estava pronta havia um bom tempo; não fazia nem quinze minutos que eu tinha descido aos porões dos motores, e naquele momento não havia ninguém na ilha.

Tinham mencionado Morel. Tratava-se, sem dúvida, de um regresso das mesmas pessoas. É provável, pensei, com palpitações, que eu veja Faustine outra vez.

Deixei meu esconderijo, pressentindo uma brusca detenção, o fim das minhas perplexidades.

Não havia ninguém.

Subi a escada, avancei pelos corredores do mezanino; de um dos quatro balcões, entre folhas escuras e uma divindade de barro, espiei a sala de jantar.

Havia pouco mais de uma dúzia de pessoas sentadas à mesa. Imaginei que seriam turistas neozelandeses ou australianos; tive a impressão de que estavam instalados, de que não partiriam tão cedo.

Lembro-me bem: vi o conjunto, comparei-o aos turistas, descobri que não pareciam de passagem e só então pensei em Faustine. Procurei por ela, logo a encontrei. Tive uma surpresa benigna: o barbudo não estava ao lado de Faustine; uma alegria precária: o barbudo não estava presente (antes de acreditar nela, já o vi defronte a Faustine).

As conversas eram lânguidas. Morel sugeriu o assunto da imortalidade. Falou-se de viagens, de festas, de métodos (de alimentação). Faustine e uma moça loira falaram de remédios. Alec, um rapaz escrupulosamente penteado, de tipo oriental e olhos verdes, tentou discorrer sobre seus negócios de lã, sem obstinação nem sucesso. Morel entusiasmou-se projetando uma quadra de pelota basca ou uma quadra de tênis para a ilha.

Conheci um pouco mais as pessoas do museu. À esquerda de Faustine havia uma mulher — Dora? — de cabelo loiro, frisado, muito risonha, de cabeça grande e levemente encurvada para a frente, como um cavalo brioso. Do outro lado havia um homem jovem, moreno, de olhos vivos e cenho carregado de concentração e de pelos. Depois havia uma moça alta, de peito afundado, braços extremamente longos e expressão de nojo. Essa mulher se chama Irene. Depois, a que disse *não é hora para histórias de fantasmas,* na noite em que subi o morro. Não me lembro dos outros.

Quando eu era criança brincava de descobrir coisas nas ilustrações dos livros: ficava olhando muito para elas e iam aparecendo objetos, interminavelmente. Passei algum tempo, contrariado, olhando os painéis com mulheres, tigres ou gatos de Fujita.

As pessoas foram para o hall. Durante muito tempo, com excessivo terror — meus inimigos estavam no hall ou no porão (os empregados) — desci pela escada de serviço até a porta escondida atrás do biombo. A primeira coisa que vi foi uma mulher tricotando perto de um dos cálices de alabastro; aquela mulher chamada Irene e uma terceira, dialogando; procurei mais e, correndo o risco de ser descoberto, vi Morel em uma mesa, jogando baralho com outras cinco pessoas; a moça que estava de costas era Faustine; a mesa era pequena, os pés estavam aglomerados e passei alguns minutos, talvez muitos, insensível a tudo, tentando ver se os pés de Morel e de Faustine se tocavam. Essa lamentável ocupação desapareceu completamente, foi substituída pelo horror que me deixaram o rosto vermelho e os olhos muito redondos de um criado que ficou olhando para mim e depois entrou no hall. Ouvi passos. Afastei-me correndo. Fui me esconder entre a primeira e a segunda fileiras de colunas de alabastro, no salão redondo, sobre o aquário. Abaixo de mim nadavam peixes idênticos aos que eu tinha tirado podres nos dias de minha chegada.

*

Já tranquilo, aproximei-me da porta. Faustine, Dora — sua vizinha na mesa — e Alec subiam a escada. Faustine se movia com estudada lentidão. Por aquele corpo interminável, por aquelas pernas longas demais, por aquela tola sensualidade, eu arriscava a calma, o Universo, as lembranças, a ansiedade tão vívida, a riqueza de conhecer os hábitos das marés e mais de uma raiz inofensiva.

    Segui atrás deles. De improviso, entraram em um quarto. Em frente encontrei uma porta aberta, um quarto iluminado e vazio. Entrei com muita cautela. Sem dúvida, alguém que tinha estado ali se esquecera de apagar a luz. O aspecto da cama e da penteadeira, a ausência de livros, de roupa, da mais leve desordem, garantiam que ninguém o habitava.

    Fiquei inquieto quando os outros moradores do museu passaram a caminho de seus quartos. Ouvi os passos na escada e quis apagar minha luz, mas foi impossível: o interruptor estava emperrado. Não insisti. Teria chamado a atenção uma luz apagando-se em um quarto vazio.

    Não fosse aquele interruptor, talvez eu tivesse me deitado, persuadido pelo cansaço, pelas muitas luzes que via se apagarem nas frestas das portas (e pela tranquilidade que me dava a presença da mulher cabeçuda no quarto de Faustine!). Previ que, se alguém chegasse a passar pelo corredor, entraria no meu quarto para apagar a luz (o resto do museu estava às escuras). Isso era inevitável, talvez, mas não muito perigoso. Vendo que o interruptor estava emperrado, a pessoa desistiria, para não perturbar os outros. Bastava que eu me escondesse um pouco.

    Estava pensando nisso tudo quando apontou a cabeça de Dora. Seus olhos passaram por mim. Foi-se, sem tentar apagar a luz.

    Fui tomado de um medo quase convulsivo. Estava me retirando e antes de sair percorri a casa, imaginariamente, à procura de um esconderijo seguro. Relutava em deixar aquele quarto que permitia vigiar a porta de Faustine. Sentei-me na cama e adormeci. Algum tempo depois vi Faustine, em sonhos. Entrou no quarto. Chegou muito perto. Acordei. Não havia luz. Tentei não me mexer, começar a enxergar no escuro, mas a respiração e o terror eram incontroláveis.

Levantei-me, fui até o corredor, escutei o silêncio que sucedera a tempestade: nada o alterava.

Comecei a caminhar pelo corredor, a sentir que inesperadamente se abriria uma porta e eu ficaria em poder de mãos bruscas e de uma voz implacável, sarcástica. O mundo estranho em que andava preocupado nos últimos dias, minhas conjecturas e minha ansiedade, Faustine, não teriam passado de efêmeros trâmites da prisão e do patíbulo.

Desci a escada, no escuro, cautelosamente. Cheguei a uma porta e tentei abri-la; impossível; não consegui nem sequer mover a maçaneta (conhecia essas fechaduras que travam a maçaneta; mas não entendo o sistema das janelas: não têm fechadura, mas as tramelas estavam travadas). Ia convencendo-me da impossibilidade de sair, meu nervosismo aumentava e — talvez por isso e pela impotência em que a falta de luz me mergulhava — até as portas internas se tornavam intransponíveis. Uns passos na escada de serviço me afobaram. Não consegui deixar o recinto. Caminhei sem fazer ruído, guiado por uma parede, até um dos enormes cálices de alabastro; com esforço e grande risco, deslizei para dentro dele.

Permaneci inquieto, por longo tempo, contra a superfície escorregadia do alabastro e contra a fragilidade da lâmpada. Perguntei-me se Faustine teria ficado a sós com Alec ou se um deles teria saído com Dora, antes ou depois.

Esta manhã fui acordado pelas vozes de uma conversa (eu estava muito fraco e sonolento para conseguir entender o que diziam). Depois já não se ouviu mais nada.

Queria estar fora do museu. Comecei a erguer-me, temeroso de escorregar e quebrar a enorme lâmpada, de que alguém visse minha cabeça despontar. Com extrema languidez, trabalhosamente, desci do jarro de alabastro. Esperando meus nervos se aplacarem um pouco, fui me esconder atrás das cortinas. Estava tão fraco que não conseguia afastá-las; pareciam rígidas e pesadas como as cortinas de pedra que há em certos túmulos. Imaginei, dolorosamente, artificiosos pães e outros alimentos próprios da civilização: na copa os encontraria, sem dúvida. Tive desmaios superficiais, vontade de rir; sem medo, avancei até a galeria da escada. A porta estava aberta. Não havia ninguém. Entrei na copa, com uma temeridade que me orgulhava. Ouvi passos. Tentei abrir uma porta que dá para fora e tornei a me deparar com uma daquelas maçanetas inexoráveis. Alguém descia pela escada de serviço. Corri até a entrada. Pude ver, pela porta aberta, parte de uma cadeira de palha e de umas pernas cruzadas. Voltei para a escada principal; ali também ouvi passos. Havia gente na sala de jantar. Entrei no hall, vi uma janela aberta e, quase ao mesmo tempo, vi também Irene e a mulher que na outra tarde falava de fantasmas, de um lado, e do outro o jovem de cenho carregado de pelos, com um livro aberto, caminhando em minha direção e declamando poesias francesas. Estaquei; caminhei, rígido, entre eles; quase os toquei ao passar; atirei-me pela janela e, com as pernas doloridas pela queda (são cerca de três metros da janela até o gramado), corri ladeira abaixo, com muitas quedas, sem ver se alguém estava olhando.

  Preparei um pouco de comida. Devorei com entusiasmo e, logo depois, sem vontade.

Agora quase não sinto dores. Estou mais calmo. Penso, embora pareça absurdo, que talvez não me tenham visto no museu. Já se passou o dia inteiro, e ninguém veio me buscar. Dá medo aceitar tanta sorte.

*

Disponho de um dado que pode servir para que os leitores deste diário saibam a data da segunda aparição dos intrusos: as duas luas e os dois sóis foram visíveis no dia seguinte. Poderia tratar-se de uma aparição local; acho mais provável, porém, que seja um fenômeno de miragem, feito de lua e sol, mar e ar, visível, certamente, de Rabaul e de toda a região. Tenho notado que esse segundo sol — talvez imagem de outro — é muito mais violento. Parece-me que entre anteontem e ontem houve um aumento infernal da temperatura. É como se o novo sol tivesse trazido um verão extremo à primavera. As noites são muito claras: há uma espécie de reflexo polar vagando no ar. Mas imagino que as duas luas e os dois sóis não sejam de grande interesse; devem ter chegado a todo lugar, pelo céu ou por informações mais doutas e completas. Não os menciono para atribuir-lhes valor de poesia ou de curiosidade, mas para que meus leitores, que recebem jornais e comemoram aniversários, possam datar estas páginas.

Estamos vivendo as primeiras noites com duas luas. Mas já se viram dois sóis. Conta-o Cícero em *De Natura Deorum*:

Tum sole quod ut e patre audivi Tuditano et Aquilio consulibus evenerat.

Não creio ter citado mal.* M. Lobre, no Instituto Miranda, nos mandou decorar as primeiras cinco páginas do Livro Segundo e as últimas três do Livro Terceiro. Não conheço mais nada de *A natureza dos deuses*.

Os intrusos não vieram me buscar. Eu os vejo aparecer e desaparecer na beira do barranco. Talvez por causa de alguma imperfeição da alma (e da infinidade de mosquitos), tive saudade da véspera, de quando estava sem esperanças de Faustine e não nesta angústia. Tive saudade daquele momento em que me senti, outra vez, instalado no museu, senhor da subordinada solidão.

*

Acabo de me lembrar em que estive pensando anteontem à noite, naquele recinto insistentemente iluminado: na natureza dos intrusos, das relações que venho mantendo com os intrusos.

Tentei várias explicações:

Que eu tenha pegado a famosa peste; seus efeitos sobre a imaginação: as pessoas, a música, Faustine; no corpo: possíveis lesões horríveis, sinais da morte, que os efeitos anteriores me impedem ver.

---

* Está enganado. Omite a palavra mais importante: *geminato* (de *genimatus,* geminado, duplicado, repetido, reiterado). A frase é: ... *tum sole geminato, quod, ut e patre audivi, Tuditano et Aquilio consulibus evenerat; quo quidem anno P. Africanus sol alter extinctus est:* ... Tradução de Menéndez y Pelayo: Los dos soles que, según oí a mi padre, se vieron en el Consulado de Tuditano y Aquilio; en el mismo año que se extinguió aquel otro sol de Publio Africano (183 a. C.) [Os dois sóis que, segundo ouvi de meu pai, se viram no Consulado de Tuditano e Aquílio; no mesmo ano em que se extinguiu aquele outro sol de Públio Africano (183 a.C.)]. (NOTA DO EDITOR)

Que o ar pervertido dos baixios e uma alimentação deficiente me tenham tornado invisível. Os intrusos não me viram (ou têm uma disciplina sobre-humana; descartei secretamente, com a satisfação de conduzir-me com habilidade, toda suspeita de simulação organizada, policial). Objeção: não sou invisível para os pássaros, os lagartos, os ratos, os mosquitos.

Ocorreu-me (precariamente) que poderia tratar-se de seres de outra natureza, de outro planeta, com olhos, mas não para ver, com orelhas, mas não para ouvir. Lembrei de que falavam um francês escorreito. Ampliei a monstruosidade anterior: que esse idioma fosse um atributo paralelo entre nossos mundos, voltado a distintas finalidades.

Cheguei à quarta hipótese pela aberração de contar sonhos. Ontem sonhei o seguinte:

Eu estava em um manicômio. Depois de uma longa consulta (o processo?) com um médico, minha família me levara para lá. Morel era o diretor. Por momentos, eu sabia que estava na ilha; por momentos, acreditava estar no manicômio; por momentos, era o diretor do manicômio.

Não me parece indispensável tomar um sonho por realidade, nem a realidade por loucura.

Quinta hipótese: os intrusos seriam um grupo de mortos amigos; eu, um viajante, como Dante ou Swedenborg, ou então outro morto, de outra casta, em um estágio diferente de sua metamorfose; esta ilha, o purgatório ou céu daqueles mortos (fica enunciada a possibilidade de vários céus; se houvesse um e todos fôssemos para lá e nos aguardasse um casal encantador com todas as suas quartas literárias, muitos já teríamos deixado de morrer).

Agora entendia por que razão os romancistas propõem fantasmas gemebundos. Os mortos continuam entre os vivos. Têm dificuldade de mudar de hábitos, abandonar o fumo, a fama de violadores de mulheres. Estive horrorizado (pensei com teatralidade interior) de ser invisível; horrorizado de que Faustine, próxima, estivesse em outro planeta (o nome "Faustine" me deixou melancólico); mas eu estou morto, estou fora do alcance (verei Faustine, verei sua partida, e meus acenos, minhas súplicas, meus atentados não a alcançarão); aquelas horríveis soluções são esperanças frustradas.

Lidar com essas ideias me enchia de uma consistente euforia. Acumulei provas que demonstravam minha relação com os intrusos como uma relação entre seres em diferentes planos. Nesta ilha poderia ter ocorrido uma catástrofe imperceptível para seus mortos (eu e os animais que a habitavam); depois teriam chegado os intrusos.

Estar morto! Como me entusiasmou essa ideia (vaidosamente, literariamente).

Recapitulei minha vida. A infância, pouco estimulante, com as tardes no Paseo del Paraíso; os dias anteriores à minha prisão, como que alheios; minha longa fuga; os meses desde que estou nesta ilha. Tivera a morte duas oportunidades de interferir em minha história. Nos dias anteriores à chegada da polícia ao meu quarto na pensão hedionda e rosada, na rua Oeste 11, em frente a La Pastora (o processo teria se realizado perante os juízes implacáveis; a fuga e as viagens, a viagem ao céu, inferno ou purgatório concertado). A outra chance para a morte surgira na viagem de bote. O sol me desmanchava o crânio e, embora tenha remado até aqui, devo ter perdido a consciência muito antes de chegar. Desses dias, todas as lembranças são vagas, com exceção de uma claridade infernal, um vaivém e um ruído da água, um sofrimento maior que todas as nossas reservas de vida.

Fazia muito tempo que eu vinha pensando nisso, portanto já estava um pouco farto e continuei com menos lógica: não estive morto até os intrusos aparecerem; na solidão é impossível estar morto. Para ressuscitar, devo suprimir as testemunhas. Será um extermínio fácil. Eu não existo: não suspeitarão de seu aniquilamento.

Estava pensando em outra coisa, em um incrível projeto de rapto privadíssimo, como que de sonho, que só contaria para mim.

Em momentos de extrema ansiedade, imaginei essas explicações injustificáveis, vãs. O homem e a cópula não suportam longas intensidades.

*

Isto é um inferno. Os sóis estão opressivos. Não me sinto bem. Comi uns bulbos parecidos com nabos, muito fibrosos.

Os sóis estavam altos, um mais do que o outro, e, de improviso (acho que estive olhando o mar até aquele momento), apareceu um navio muito perto, entre os recifes. Foi como se eu tivesse adormecido (até as moscas voam dormindo, sob esse sol duplo) e despertado, segundos ou horas depois, sem me dar conta de que tinha dormido ou de que estava despertando. O navio era de carga, branco. "Minha sentença", pensei, indignado. "Sem dúvida vêm explorar a ilha." A chaminé, amarela (como dos navios do Royal Mail e da Pacific Line), altíssima, apitou três vezes. Os intrusos afluíram à beira do barranco. Algumas mulheres acenaram com lenços.

O mar não se movia. Baixaram uma lancha do navio. Demoraram quase uma hora para fazer o motor funcionar. Desembarcou na ilha um marinheiro vestido de oficial ou capitão. Os outros voltaram para o navio.

O homem subiu o morro. Tive muita curiosidade e, apesar das minhas dores e dos bulbos difíceis de assimilar, subi pelo outro lado. Vi seus respeitosos cumprimentos. Perguntaram-lhe se tinha feito boa viagem; se tinha *conseguido tudo* em Rabaul. Eu estava atrás de uma fênix moribunda, sem medo de ser visto (considerava inútil esconder-me). Morel conduziu o homem até um banco. Conversaram.

Eu já sabia o que pensar daquele navio. Devia ser dos intrusos ou de Morel. Tinha vindo para levá-los.

"Tenho três possibilidades", pensei. "Raptá-la, introduzir-me no barco, deixá-la partir."

"Virão procurá-la; caso a rapte, cedo ou tarde hão de nos encontrar. Será que não existe em toda a ilha um lugar onde eu possa escondê-la?" Lembro de ter feito cara de dor para me obrigar a pensar.

Também cogitei tirá-la de seu quarto nas primeiras horas da noite para fugirmos remando no bote em que eu vim de Rabaul. Mas para onde? Acaso se repetiria o milagre daquela viagem? Como me orientaria? Entregar-me à sorte com Faustine valeria as longuíssimas penúrias que padeceríamos naquele bote no meio do oceano? Ou brevíssimas: possivelmente, a poucos metros da costa já afundaríamos.

Se eu conseguisse entrar no navio, seria descoberto. Restava a possibilidade de falar, de pedir que chamassem Faustine ou Morel e explicar-lhes minha situação. Talvez houvesse tempo — se minha história fosse mal recebida —

de me matar ou de fazer com que me matassem antes de chegar ao primeiro porto com prisão.

"Preciso me decidir", pensei.

Um homem alto, corpulento, de rosto corado, barba malfeita, negra, e maneiras afeminadas, aproximou-se de Morel e lhe disse:

— Está ficando tarde. Ainda temos que nos preparar.

Morel respondeu:

— Um momento.

O capitão se levantou; Morel, semierguido, continuou a falar com ele, com urgência. Deu-lhe umas palmadas nas costas e voltou-se para o gordo, enquanto o outro o cumprimentava, e lhe perguntou:

— Vamos?

O gordo olhou sorrindo inquisitivamente para o rapaz de cabelo preto e sobrancelhas carregadas, e repetiu:

— Vamos?

O rapaz assentiu.

Os três correram para o museu, prescindindo das senhoras. O capitão aproximou-se delas, sorrindo cortesmente. O grupo seguiu muito devagar atrás dos três homens.

Eu não sabia o que fazer. A cena, apesar de ridícula, pareceu-me alarmante. Iam se preparar para quê? Não estava comovido. Pensei que, se os tivesse visto partir com Faustine, também teria deixado que se consumasse o preparado horror, sem ação, ligeiramente nervoso.

Felizmente ainda não chegara a hora. Ao longe se avistaram a barba e as pernas magras de Morel. Faustine, Dora, a mulher que eu vira uma noite contando histórias de fantasmas, Alec e os três homens que há pouco estavam ali, todos desciam para a piscina, em trajes de banho. Corri de uma planta a outra, para ver melhor. As mulheres trotavam, sorridentes; os homens saltitavam, como para combater um frio inconcebível neste regime de dois sóis. Eu previa a desilusão que todos teriam ao chegar à piscina. Desde que não troco a água, ela está impenetrável (pelo menos para uma pessoa normal): verde, opaca, espumosa, com grandes tufos de folhas que cresceram monstruosamente, com pássaros mortos e, sem dúvida, cobras e sapos vivos.

Seminua, Faustine é ilimitadamente bela. Tinha essa alegria deslumbrada, um pouco tola, das pessoas quando se banham em público. Foi a primeira a mergulhar. Então os ouvi agitar a água e gargalhar.

Dora e a mulher velha saíram primeiro. A velha, com grandes movimentos de braço, contou:

— Um, dois, três.

Os outros, certamente, apostavam uma corrida. Os homens saíram exaustos. Faustine ficou mais algum tempo na água.

Nesse ínterim, os marinheiros haviam desembarcado. Percorriam a ilha. Escudei-me em um maciço de palmeiras.

*

Contarei fielmente os fatos que presenciei entre ontem à tarde e a manhã de hoje, fatos inverossímeis, que a realidade há de ter produzido não sem trabalho... Agora parece que a verdadeira situação não é aquela descrita nas páginas anteriores; que a situação que vivo não é a que penso viver.

Quando os banhistas foram se vestir, decidi que iria vigiar noite e dia. No entanto, logo considerei essa medida injustificada.

Já ia me retirando quando apareceu o rapaz de sobrancelhas carregadas e cabelo preto. Um minuto depois surpreendi Morel, espiando, escondendo-se em uma janela. Morel desceu a escadaria. Eu não estava longe. Pude ouvi-lo.

— Não quis falar porque havia outras pessoas. Quero lhe propor uma coisa, ao senhor e mais alguns poucos.

— Proponha.

— Não aqui — disse Morel, perscrutando as árvores com desconfiança. — Esta noite. Quando os outros se retirarem, fique.

— Morto de sono?

— Melhor. Quanto mais tarde, melhor. Mas, acima de tudo, seja discreto. Não quero que as mulheres saibam de nada. A histeria me dá histeria. Até lá.

Afastou-se correndo. Antes de entrar na casa, olhou para trás. O rapaz começava a subir. Uns acenos de Morel o fizeram parar. Deu um passeio curto, com as mãos nos bolsos, assobiando toscamente.

Tentei pensar no que acabava de ver, mas me faltava disposição. Estava inquieto.

Transcorreram cerca de quinze minutos, mais ou menos.

Outro barbudo grisalho, gordo, que ainda não mencionei neste relato, surgiu na escadaria, olhou ao longe, em torno. Desceu e ficou diante do museu, imóvel, aparentemente apreensivo.

Morel voltou e trocaram algumas frases. Ouvi:

— ... e se eu lhe dissesse que todos os seus atos e as suas palavras estão registrados?

— Não me importaria.

Perguntei-me se eles teriam descoberto meu diário. Resolvi permanecer alerta. Resistir às tentações do cansaço e da distração. Não me deixar surpreender.

O gordo voltou a ficar sozinho, indeciso. Morel apareceu com Alec (jovem oriental esverdeado). Os três se retiraram.

Saíram então cavalheiros e criados carregando cadeiras de palha, que puseram à sombra de uma árvore de fruta-pão, grande e doente (vi alguns exemplares menos desenvolvidos, em uma velha chácara, em Los Teques). As damas ocuparam as cadeiras; em volta delas, os homens se deitaram na grama. Recordei tardes na pátria.

Faustine atravessou em direção ao rochedo. Chega a ser irritante minha atração por essa mulher (e ridícula: não nos falamos sequer uma única vez). Estava em traje de tênis e com um lenço, quase roxo, na cabeça. Como será recordar esses lenços depois que Faustine partir!

Tinha vontade de lhe oferecer minha ajuda para carregar a sacola ou a manta. Segui seus passos de longe; vi quando deixou a sacola sobre uma rocha, estendeu a manta; ficou imóvel, contemplando o mar ou a tarde, impondo-lhes sua calma.

Seria minha última chance de tentar a sorte com Faustine. Poderia ajoelhar-me, confessar-lhe minha paixão, minha vida. Não fiz nada disso. Não me pareceu hábil. É verdade que as mulheres acolhem qualquer homenagem com naturalidade. Mas era melhor deixar que a situação se esclarecesse por si só. Pode parecer um tanto suspeito um desconhecido que nos conta sua vida, confessa espontaneamente que esteve preso, foi condenado à prisão perpétua e que somos a razão de sua existência. Temendo que tudo seja uma chantagem para vender uma caneta com a inscrição *Bolívar — 1783-1830*, ou uma garrafa com um veleiro dentro. Outra estratégia seria falar-lhe fitando o mar, como um louco muito contemplativo e simples: comentar os dois sóis, nosso apego aos poentes; esperar um pouco suas perguntas; contar, em todo caso, que sou escritor, que sempre quis viver em uma ilha deserta; confessar a irritação que senti com a chegada de sua gente; falar-lhe do meu confinamento na parte inundável da ilha (isso permitiria amenas explicações sobre os baixios e suas calamidades) e assim chegar à declaração: agora temo sua partida, temo a iminência de um crepúsculo sem a doçura, já habitual, de vê-la.

Levantou-se. Fiquei muito nervoso (como se Faustine tivesse ouvido o que eu estava pensando, como se a tivesse ofendido). Foi pegar um livro que tinha deixado, escapando de uma sacola, sobre outra rocha, a uns cinco metros. Voltou a se sentar. Abriu o livro, pousou a mão em uma folha e ficou como que adormecida, fitando a tarde.

Quando o mais fraco dos sóis se pôs, Faustine tornou a se levantar. Segui atrás dela... corri, caí de joelhos e lhe disse, quase aos gritos:

— Faustine, eu a amo.

Fiz isso pensando que o mais conveniente seria, talvez, tirar partido da inspiração, deixar que impusesse sua notável sinceridade. Ignoro o resultado. Afugentaram-me uns passos e uma sombra densa. Escondi-me atrás de uma palmeira. A respiração, alteradíssima, quase não me deixava ouvir.

Morel dizia que precisava falar com ela. Faustine respondeu:

— Bem, vamos ao museu. (*Ouvi isso claramente.*)

Seguiu-se uma discussão. Morel opunha resistência:

— Quero aproveitar esta ocasião... longe do museu e dos olhares de nossos amigos.

Também ouvi dele: *pô-la de sobreaviso; você é uma mulher diferente; domínio dos nervos.*

Posso afirmar que Faustine se negou obstinadamente a ficar. Morel cedeu:

— Então, esta noite, quando todos se retirarem, faça o favor de ficar.

Passaram algum tempo caminhando entre as palmeiras e o museu. Morel falava muito e gesticulava. A certa altura, tomou o braço de Faustine. Depois caminharam em silêncio.

Quando os vi entrar no museu, pensei que devia preparar algo de comer para suportar bem a noite inteira e poder vigiar.

*

"Tea for Two" e "Valencia" persistiram até alta madrugada. Eu, apesar de meus propósitos, comi pouco. Ver toda aquela gente ocupada em dançar, ver e provar as folhas viscosas, as raízes com sabor de terra, os bulbos com novelos de fios notáveis e duros não foram argumentos ineficazes para me convencer a entrar no museu em busca de pão e outros verdadeiros comestíveis.

Entrei pela carvoeira, no meio da noite. Havia criados na copa, na despensa. Resolvi me esconder, esperar que as pessoas se recolhessem. Poderia ouvir, talvez, o que Morel proporia a Faustine, ao rapaz das sobrancelhas, ao gordo, ao verde Alec. Depois roubaria alguns alimentos e buscaria um modo de sair.

Na realidade, a declaração de Morel não me importava muito. O que me angustiava era o navio perto da praia; a fácil, a irremediável partida de Faustine.

Ao passar pelo hall vi um fantasma do tratado de Belidor que eu tinha pegado quinze dias antes; estava na mesma prateleira de mármore verde, no mesmo lugar da prateleira de mármore verde. Apalpei o bolso: tirei o livro; comparei um com outro: não eram dois exemplares do mesmo livro, e sim duas vezes o mesmo exemplar; com a tinta azul borrada, envolvendo em uma nuvem a palavra PERSE; com o rasgo oblíquo no canto inferior, do lado de fora... Falo de uma identidade exterior... Não cheguei a tocar o livro que estava sobre a prateleira. Logo me escondi precipitadamente, para que não me descobrissem (primeiro, umas mulheres; depois, Morel). Passei pelo salão do aquário e me escondi na saleta verde, atrás do biombo (formava uma espécie de casinha). Por uma fresta, podia ver o salão do aquário.

Morel dava ordens:

— Ponha aqui uma mesa e uma cadeira.

Puseram as outras cadeiras em fileiras, defronte à mesa, como em uma sala de conferências.

Muito tarde, foram entrando quase todos. Houve algum barulho, alguma curiosidade, algum sorriso serviçal; predominava a paz combalida do cansaço.

— Não pode faltar ninguém — disse Morel. — Só começarei quando todos chegarem.

— Falta Jane.

— Falta Jane Gray.

— Não é para menos.

— É preciso buscá-la.

— E quem consegue tirá-la da cama agora?
— Ela não pode faltar.
— Está dormindo.
— Não começo enquanto ela não estiver aqui.
— Eu vou buscá-la — disse Dora.
— Vou com você — disse o rapaz das sobrancelhas.

Tentei transcrever essa conversa fielmente. Se agora não é natural, a culpa é da arte ou da memória. Foi natural. Vendo essa gente, escutando essa conversa, ninguém poderia esperar um evento mágico nem a negação da realidade, que veio depois (embora tudo se passasse sobre um aquário iluminado, sobre peixes rabudos e liquens, no centro de um bosque de colunas negras).

Morel falou com umas pessoas que eu não podia ver:
— Temos de procurá-lo pela casa toda. Eu o vi entrar aqui, faz muito tempo.

De quem estava falando? Pensei então que meu interesse pela conduta dos intrusos seria satisfeito, definitivamente.
— Percorremos a casa inteira — disse uma voz rudimentar.
— Não importa. Têm de trazê-lo — replicou Morel.

Parecia que eu estava encurralado. Queria sair. Consegui me conter.

Recordara que as salas de espelhos eram infernos de famosas torturas. Começava a sentir calor.

Depois voltaram Dora e o rapaz, com uma mulher velha, alcoolizada (eu tinha visto essa mulher na piscina). Vinham, também, dois indivíduos, aparentemente empregados, oferecendo ajuda; aproximaram-se de Morel; um deles disse:
— Impossível fazer qualquer coisa.
(Reconheci a voz rudimentar que ouvira havia pouco.)

Dora gritou para Morel:

— Haynes está dormindo no quarto de Faustine. Ninguém será capaz de tirá-lo de lá.

Estavam o tempo todo falando de Haynes? Não pensei que as palavras de Dora e a conversa de Morel com os homens pudessem ter relação. Falavam em procurar alguém, e eu estava assustado, disposto a descobrir em tudo alusões ou ameaças. Agora penso que eu talvez nunca tenha ocupado a atenção dessa gente... Mais do que isso: agora sei que não podem me procurar.

Estou seguro? Um homem de bom senso acreditaria no que ouvi ontem à noite, no que imagino saber? E me aconselharia a esquecer o pesadelo de ver em tudo uma máquina organizada para me capturar?

E se fosse uma máquina para me capturar, por que tão complexa? Por que não me detinham, diretamente? Não seria uma loucura essa laboriosa representação?

Nossos hábitos pressupõem uma maneira de as coisas acontecerem, uma vaga coerência do mundo. Agora a realidade se me apresenta alterada, irreal. Quando um homem desperta ou morre, demora a se desvencilhar dos terrores do sonho, das preocupações e das manias da vida. Agora custarei a me livrar do hábito de temer essa gente.

Morel tinha nas mãos umas folhas de papel de seda amarelo, escritas à máquina. Tirou-as de uma tigela de madeira que estava sobre a mesa. Na tigela havia muitíssimas cartas presas com alfinetes a recortes de anúncios de *Yachting* e *Motor Boating*. Pediam preços de barcos velhos, condições de venda, instruções para sua vistoria. Vi algumas poucas.

— Haynes que fique dormindo — disse Morel. — Ele é muito pesado e, se forem buscá-lo, nunca conseguiremos começar.

*

Morel estendeu os braços e disse, com voz entrecortada:

— Devo fazer-lhes uma declaração.

Sorriu nervosamente:

— Não é grave. Para não cometer imprecisões, resolvi ler. Por favor, escutem:

(Começou a ler as páginas amarelas que anexo a esta pasta. Hoje de manhã, quando fugi do museu, estavam sobre a mesa, foi dali que as peguei.)*

"Vocês hão de me desculpar esta cena, primeiro irritante, depois terrível. Vamos esquecê-la. Isto, associado à boa semana que vivemos, atenuará sua importância.

"Estava decidido a não lhes dizer nada. Assim os pouparia de uma inquietação muito natural. Eu teria todos à minha disposição, até o último momento, sem rebeliões. Mas, como amigos, vocês têm o direito de saber."

Em silêncio, movia os olhos, sorria, tremia; depois continuou com ímpeto:

"Meu abuso consiste em tê-los fotografado sem autorização. É claro que não se trata de uma fotografia qualquer; é meu último invento. Nós viveremos nessa fotografia, para sempre. Imaginem um cenário em que se representasse completamente nossa vida nestes sete dias. Nós representamos. Todos os nossos atos ficaram gravados."

---

* Para maior clareza, pareceu-nos conveniente pôr entre aspas o que estava escrito à máquina nessas páginas; o que vai sem aspas são anotações à margem, a lápis, e com a mesma letra em que está escrito o resto do diário. (NOTA DO EDITOR)

— Que indiscrição! — gritou um homem de bigode preto e dentes salientes.

— Espero que seja brincadeira — disse Dora.

Faustine não sorria. Parecia indignada.

"Poderia ter anunciado, quando chegamos: viveremos para a eternidade. Talvez então estragássemos tudo, esforçando-nos por manter uma constante alegria. Pensei: qualquer semana que passemos juntos, se não sentirmos a obrigação de ocupar bem o tempo, será agradável. Não foi assim?

"Portanto lhes dei uma eternidade agradável.

"Não resta dúvida de que as obras dos homens não são perfeitas. Aqui faltam alguns amigos. Claude desculpou-se: está trabalhando a hipótese, em forma de romance e de cartilha teológica, de um desacordo entre Deus e o indivíduo; hipótese que lhe parece eficaz para tornar-se imortal e que ele não quer interromper. Madeleine faz dois anos que não vai à montanha; teme por sua saúde. Leclerc comprometeu-se com os Davies a ir para a Flórida."

Acrescentou:

— Quanto ao pobre Charlie...

Pelo tom dessas palavras, mais acentuado no *pobre*, pela solenidade muda, com alterações de postura e movimentos de cadeiras, que houve em seguida, inferi que Charlie era um morto; com mais precisão: um morto recente.

Morel disse depois, como querendo aliviar o auditório:

— Mas eu o tenho. Se alguém quiser vê-lo, posso mostrá-lo. Foi uma das minhas primeiras experiências com bons resultados.

Interrompeu-se. Parece que percebeu a nova alteração na sala (na primeira, tinha passado de um tédio afável ao pesar, com uma leve reprovação pelo mau gosto de evocar um morto no meio de uma brincadeira; agora estava perplexa, quase horrorizada).

Voltou aos papéis amarelos, com precipitação.

"Meu cérebro tem tido, já faz muito tempo, duas ocupações primordiais: pensar meus inventos e pensar em…" Restabeleceu-se, decididamente, a simpatia entre Morel e a sala. — "Por exemplo, recorto as páginas de um livro, passeio, encho meu cachimbo, e estou imaginando uma vida feliz, ao lado de…"

Cada interrupção provocava uma salva de palmas.

"Quando terminei o invento ocorreu-me a ideia, primeiro como um simples tema para a imaginação, depois como um incrível projeto, dar perpétua realidade à minha fantasia sentimental…

"O fato de eu me julgar superior e a convicção de que é mais fácil enamorar uma mulher do que fabricar céus me aconselharam a atuar espontaneamente. A esperança de enamorá-la ficou para trás; já não conto com a confiança de sua amizade; já não tenho a fortaleza, o ânimo para encarar a vida.

"Convinha seguir uma tática. Traçar planos." (Morel mudou de tom, como querendo cortar a gravidade que suas palavras haviam adquirido.) "Nos primeiros, ou eu a convencia a virmos sós (impossível: não a vi a sós desde que lhe confessei minha paixão), ou a raptava (teríamos brigado eternamente). Note-se que, desta vez, não há exagero na palavra *eternamente*." Alterou muito este parágrafo. Disse — se não me engano — que pensara em raptá-la e arriscou algumas piadas.

"Agora lhes explicarei meu invento."

*

Até aqui, um discurso repugnante e desordenado. Morel, mundano homem de ciência, quando descarta os sentimentos e abre seu baú de velhas utilidades, consegue maior precisão; sua literatura continua desagradável, rica em palavras e expressões técnicas e procurando em vão certo impulso oratório, mas é mais clara. O leitor que julgue:

"Qual é a função da radiotelefonia? Suprimir, no que tange ao ouvido, uma ausência espacial: valendo-nos de transmissores e receptores, podemos reunir-nos numa conversa com Madeleine nesta mesma sala, embora ela esteja a mais de vinte mil quilômetros daqui, nos arredores de Québec. A televisão consegue a mesma coisa, no tocante à visão. Obter vibrações mais rápidas, mais lentas, será estender-se aos outros sentidos; a todos os outros sentidos.

"O quadro científico dos meios de neutralizar ausências era, até há pouco, mais ou menos o seguinte:

"No que tange à visão: a televisão, o cinema, a fotografia;

"No que tange à audição: a radiotelefonia, o fonógrafo, o telefone.*

"Conclusão:

"A ciência, até há pouco, limitou-se a contornar ausências espaciais e temporais para o ouvido e a visão. O mérito

---

* A omissão do telégrafo parece-me deliberada. Morel é autor do opúsculo *Que nous envoie Dieu?* (palavras da primeira mensagem de Morse); e responde: *Un peintre inutile et une invention indiscrète*. Não obstante, quadros como *Lafayette* e *Hércules moribundo* são indiscutíveis. (NOTA DO EDITOR)

da primeira parte de meus trabalhos consiste em ter interrompido uma desídia que já tinha o peso das tradições e em ter continuado, com lógica, por caminhos quase paralelos, o raciocínio e os ensinamentos dos sábios que melhoraram o mundo com as invenções que mencionei.

"Quero registrar minha gratidão aos industriais que, tanto na França (Société Clunie) como na Suíça (Schwachter, de Sankt Gallen), compreenderam a importância de minhas pesquisas e me abriram seus discretos laboratórios.

"O trato com meus colegas não enseja o mesmo sentimento.

"Quando estive na Holanda, para conversar com o insigne eletricista Jan van Heuse, inventor de uma máquina rudimentar que permitiria saber se uma pessoa mente, encontrei muitas palavras de apoio e, devo dizê-lo, uma baixa desconfiança

"Desde então trabalhei sozinho.

"Pus-me a procurar ondas e vibrações inalcançadas, a idealizar instrumentos para captá-las e transmiti-las. Obtive, com relativa facilidade, as sensações olfativas; as térmicas e as táteis propriamente ditas demandaram toda a minha perseverança.

"Tive, além disso, que aperfeiçoar os meios já existentes. Os melhores resultados honravam os fabricantes de discos de fonógrafo. Desde há muito era possível afirmar que já não temíamos a morte, no que tange à voz. As imagens tinham sido registradas muito deficientemente pela fotografia e pelo cinema. Dediquei essa parte de meus esforços à retenção das imagens que se formam nos espelhos.

"Uma pessoa, um animal ou uma coisa é, perante meus aparelhos, como a estação que emite o concerto que vocês escutam no rádio. Ligando o receptor de ondas olfativas, sentirão o perfume dos jasmins que há no peito de Madeleine, sem vê-la. Ligando o setor de ondas táteis, poderão acariciar sua cabeleira, suave e invisível, e aprender, como os cegos, a conhecer as coisas com as mãos. Mas se ligarem todo o jogo de receptores, Madeleine aparecerá, completa, reproduzida, idêntica; não se devem esquecer de que se trata de imagens extraídas dos espelhos, com os sons, a resistência ao tato, o sabor, os cheiros, a temperatura, perfeitamente sincronizados. Nenhuma testemunha dirá que são imagens. E se agora aparecessem as nossas, vocês mesmos não acreditariam em mim. Pensarão, antes, que contratei uma companhia de atores, de sósias inverossímeis.

"Esta é a primeira parte da máquina; a segunda grava; a terceira projeta. Não necessita de telas nem de papéis; suas projeções são bem acolhidas por todo o espaço, e não importa se é dia ou noite. A bem da clareza, ousarei comparar as partes da máquina com: o aparelho de televisão que mostra imagens de emissores mais ou menos distantes; a câmera que registra em filme as imagens exibidas pelo aparelho de televisão; o projetor cinematográfico.

"Pensava coordenar a recepção de meus aparelhos e gravar cenas de nossa vida: uma tarde com Faustine, conversas com vocês; teria composto, assim, um álbum de presenças muito duradouras e nítidas, que seria o legado de um tempo a outro, grato para os filhos, os amigos e as gerações que viverem outros hábitos.

"Com efeito, imaginava que, se bem as reproduções de objetos seriam objetos — como a fotografia de uma casa é um objeto que representa outro objeto —, as reproduções de animais e de plantas não seriam animais nem plantas. Tinha certeza de que meus simulacros de pessoas careceriam de consciência de si (como os personagens de um filme cinematográfico).

"Tive uma surpresa: depois de muito trabalho, ao congregar esses dados harmoniosamente, deparei-me com pessoas reconstituídas, que desapareciam se eu desligava o aparelho projetor, viviam apenas os momentos transcorridos quando a cena foi tomada e ao terminá-los voltavam a repeti-los, como se fossem trechos de um disco ou de um filme que, ao acabar, recomeçassem, mas que ninguém conseguiria distinguir das pessoas vivas (veem-se como que circulando em outro mundo, fortuitamente abordado pelo nosso). Se atribuímos consciência, e tudo o que nos distingue dos objetos, às pessoas que nos rodeiam, não podemos negá-la àquelas criadas por meus aparelhos, com nenhum argumento válido e exclusivo.

"Congregados os sentidos, surge a alma. Era lógico esperá-la. Madeleine estava presente para a visão, Madeleine estava presente para a audição, Madeleine estava presente para o paladar, Madeleine estava presente para o olfato, Madeleine estava presente para o tato: já estava presente Madeleine."

Comentei acima que a literatura de Morel é desagradável, rica em termos técnicos e que busca em vão certo impulso oratório. Quanto à pieguice, manifesta-se por conta própria:

"É difícil aceitar um sistema de reprodução da vida tão mecânico e artificial? Recordem que, aos nossos olhos incapazes de ver os movimentos do prestidigitador, eles se transformam em mágica.

"Para fazer reproduções vivas, necessito de emissores vivos. Não crio vida.

"Acaso não se deve chamar vida aquilo que pode estar latente em um disco, aquilo que se revela quando o mecanismo do fonógrafo entra em ação, quando giro uma chave? Insistirei em que todas as vidas, como os mandarins chineses, dependem de botões que seres desconhecidos podem apertar? E vocês mesmos, quantas vezes não interrogaram o destino dos homens, não acionaram as velhas perguntas: para onde vamos? Onde jazemos, como músicas inauditas em um disco, até que Deus nos manda nascer? Não percebem um paralelismo entre o destino dos homens e o das imagens?

"A hipótese de que as imagens têm alma parece confirmada pelos efeitos de minha máquina sobre as pessoas, os animais e os vegetais emissores.

"É claro que só pude chegar a esses resultados depois de muitos reveses parciais. Lembro que fiz as primeiras experiências com empregados da casa Schwachter. Sem avisá-los, ligava as máquinas e os captava trabalhando. Ainda havia falhas no receptor; não congregava os dados harmoniosamente: em alguns deles, por exemplo, a imagem não coincidia com a resistência ao tato; às vezes, os erros são imperceptíveis para testemunhas pouco especializadas; às vezes, o desvio é amplo."

*

Stoever perguntou:

— Pode nos mostrar essas primeiras imagens?

— Claro que posso, se vocês fizerem questão; mas devo preveni-los de que alguns fantasmas são ligeiramente monstruosos — respondeu Morel.

— Então mostre-os — disse Dora. — Nunca vai mal um pouco de diversão.

— Eu quero vê-los — explicou Stoever — porque me lembro de umas mortes inexplicáveis na casa Schwachter.

— Parabéns — disse Alec, cumprimentando. — Encontrou um crédulo.

Stoever replicou, sério:

— Você não ouviu, idiota? Charlie também foi gravado. Quando Morel estava em Sankt Gallen, os empregados da casa Schwachter começaram a morrer. Eu vi as fotos nas revistas. Posso reconhecê-los.

Morel, trêmulo e ameaçador, saiu da sala. Falavam aos gritos:

— Viu? — disse Dora. — Você o ofendeu.

— Temos de trazê-lo de volta.

— Parece mentira que você tenha feito isso com Morel.

Stoever insistiu:

— Mas vocês não entendem!

— Morel é nervoso. Não vejo qual a necessidade de insultá-lo.

— Vocês não entendem — gritou Stoever, furioso. — Com a máquina, ele gravou Charlie, e Charlie morreu; gravou os empregados da casa Schwachter, e houve mortes misteriosas de empregados. Agora ele vem e diz que nos gravou!

— E não estamos mortos — disse Irene.

— Ele também se gravou.

— Mas ninguém percebe que é tudo uma brincadeira?

— Incluindo a zanga de Morel. Nunca o vi zangado.

— Mesmo assim, Morel não agiu corretamente — disse o dentuço. — Podia ter nos avisado.

— Vou procurá-lo — disse Stoever.

— Nada disso! — gritou Dora.

— Eu vou — disse o dentuço. — Não para insultá-lo, mas para lhe pedir desculpas em nome de todos e que continue.

Aglomeraram-se em volta de Stoever. Tentavam acalmá-lo, excitados.

Algum tempo depois, o homem dos dentes salientes voltou:

— Ele não quer vir. Pede que o desculpemos. Foi impossível convencê-lo.

Saíram Faustine, Dora, a mulher velha.

Depois ficaram apenas Alec, o dentuço, Stoever e Irene. Pareciam tranquilos, de acordo, sérios. Retiraram-se.

Eu ouvia vozes no hall, na escada. As luzes se apagaram e a casa ficou em uma lívida luz de amanhecer. Esperei, alerta. Não havia ruídos, quase não havia luz. Todos teriam ido se deitar? Ou estariam à espreita, para me capturar? Permaneci ali, não sei por quanto tempo, tremendo, até que comecei a caminhar (acho que para ouvir meus passos e testemunhar algum sinal de vida), sem perceber que fazia, talvez, o que meus supostos perseguidores haviam previsto.

Fui até a mesa, guardei os papéis no bolso. Pensei, com medo, que a sala não tinha janelas, que eu deveria passar pelo hall. Caminhei com extrema lentidão; a casa parecia ilimitada. Permaneci imóvel junto à porta do hall. Por fim, avancei devagar, em silêncio, até uma janela aberta; pulei e vim correndo.

*

Quando cheguei aos baixios tive um sentimento confuso de reprovação por não ter fugido no primeiro dia, por ter resolvido investigar os mistérios daquela gente.

Depois da explicação de Morel, concluí que tudo aquilo era uma manobra da polícia; não me perdoava a lentidão em perceber essa evidência.

Essa conclusão é absurda, mas creio que posso justificá-la. Quem não desconfiaria de uma pessoa que dissesse: *eu e meus companheiros somos aparências, somos um novo tipo de fotografias*? No meu caso a desconfiança é mais justificável ainda: sou acusado de um crime, fui condenado à prisão perpétua e é possível que minha captura ainda seja a profissão de alguém, sua esperança de ascensão na burocracia.

Mas como estava cansado logo adormeci, em meio a vagos projetos de fuga. Tinha sido um dia muito agitado.

Sonhei com Faustine. O sonho era muito triste, muito emocionante. Nós dois nos despedíamos; vinham buscá-la; o barco ia partir. Depois voltávamos a estar sós, despedindo-nos com amor. Chorei durante o sonho e despertei com uma inconsolável desesperança ao ver que Faustine não estava comigo e com o choroso consolo de que nos tínhamos amado sem dissimulação. Temi que, durante meu sono, se tivesse consumado a partida de Faustine. Levantei-me. O barco partira. Minha tristeza foi profundíssima, foi a decisão de me matar; mas, ao erguer os olhos, vi Stoever, Dora e depois outros, na beira do barranco.

Não tive necessidade de ver Faustine. Julgava-me seguro: já não me importava se ela estava ou não estava.

Compreendi que era verdade aquilo que, horas antes, Morel tinha dito (mas é possível que não o tivesse dito, pela primeira vez, horas antes, e sim anos atrás; ele repetia o discurso porque estava incluído na semana, no disco eterno).

Senti aversão, quase nojo por aquela gente e sua incansável atividade repetida. Apareceram muitas vezes, no alto, na beira do barranco. Estar em uma ilha habitada por fantasmas artificiais era o mais insuportável dos pesadelos; estar apaixonado por uma dessas imagens era pior do que estar apaixonado por um fantasma (talvez sempre desejemos que a pessoa amada tenha uma existência de fantasma).

*

Acrescentarei a seguir as páginas (dos papéis amarelos) que Morel não leu:

"Em face da impossibilidade de executar meu primeiro projeto — levá-la para casa e gravar uma cena de felicidade, minha ou recíproca — concebi outro que é, certamente, melhor.

"Descobri esta ilha nas circunstâncias que vocês conhecem. Três condições a recomendaram: 1ª) as marés; 2ª) os recifes; 3ª) a luminosidade.

"A ordinária regularidade das marés lunares e a frequência de marés meteorológicas asseguram a disponibilidade quase constante de força motriz. Os recifes formam um vasto sistema de muralhas contra invasores; um homem os conhece: é nosso capitão, McGregor; já cuidei de que ele não volte a se arriscar nestes perigos. A clara, não deslumbrante luminosidade permite prever perdas realmente exíguas na captação de imagens.

"Confesso que, ao descobrir tão generosas virtudes, não hesitei em investir minha fortuna na compra da ilha e na construção do museu, da igreja, da piscina. Aluguei aquele navio de carga que vocês chamam *o iate*, para que a nossa vinda fosse mais agradável.

"A palavra *museu*, que uso para designar esta casa, é uma reminiscência do tempo em que eu trabalhava nos projetos de minha invenção, sem conhecimento de seu alcance. Na época pensava erigir grandes álbuns ou museus, familiares e públicos, com essas imagens.

"Chegou a hora de anunciar: esta ilha, com seus edifícios, é o nosso paraíso particular. Tomei algumas precauções — físicas, morais — para sua defesa: acredito que o protegerão. Aqui estaremos eternamente — mesmo que partamos amanhã — repetindo consecutivamente os momentos da semana e sem nunca poder sair da consciência que tivemos em cada um deles, porque assim nos gravaram os aparelhos; isso permitirá que nos sintamos em uma vida sempre nova, porque não haverá outras lembranças em cada momento da projeção afora as que havia no momento correspondente da gravação, e porque o futuro, muitas vezes deixado para trás, sempre[*] conservará seus atributos."

*

Aparecem de vez em quando. Ontem vi Haynes na beira do barranco; anteontem, Stoever, Irene; hoje, Dora e outras mulheres. Impacientam-me a vida; se quero ordená-la, devo desviar minha atenção dessas imagens.

---

[*] *Sempre:* sobre a duração de nossa imortalidade; suas máquinas, simples e de materiais selecionados, são mais incorruptíveis que o Metro, conservado em Paris. (NOTA DE MOREL)

Destruí-las, destruir os aparelhos que as projetam (sem dúvida estão no porão) ou quebrar o moinho são minhas tentações favoritas; trato de me conter, não quero me ocupar dos companheiros de ilha porque considero que não lhes falta matéria para se tornarem obsessões.

Contudo, não acredito que esse perigo me ameace. Estou por demais ocupado em sobreviver à água, à fome, às coisas que como.

Agora procuro um modo de instalar uma cama permanente; não o encontrarei se continuar nos baixios: as árvores estão podres, sua madeira não me sustentará. Mas estou resolvido a mudar de situação: nas noites de maré alta, não durmo, e nas outras as inundações menores irrompem em meu sono, sempre a uma hora diferente. Não me acostumo a esse banho. Tardo a adormecer, pensando no momento em que a água, barrenta e morna, vai cobrir meu rosto e causar um momentâneo afogamento. Quero que a crescente não me surpreenda, mas sou vencido pela fadiga e logo vem a água, silenciosa como uma vaselina de bronze, forçar-me as vias respiratórias. O resultado é um cansaço doloroso, uma tendência à irritação e ao abatimento diante de qualquer dificuldade.

*

Estive lendo os papéis amarelos. Entendo que distinguir os meios de superar as ausências conforme seu caráter — espacial ou temporal — leva a confusões. O correto, talvez, seria dizer: *meios de alcance* e *meios de alcance e retenção*. A radiotelefonia, a televisão, o telefone são, exclusivamente, *de alcance*; o cinema, a fotografia, o fonógrafo — *verdadeiros arquivos* — são *de alcance e retenção*.

Todos os aparelhos de superar ausências são, portanto, meios de alcance (antes de ter a fotografia ou o disco é preciso tirá-la, gravá-lo).

Do mesmo modo, não é impossível que toda ausência seja, definitivamente, espacial... Em um lugar ou noutro estarão, sem dúvida, a imagem, o contato, a voz dos que já não vivem (*nada se perde...*).

Fica implícita a esperança que estudo e pela qual hei de ir ao porão do museu, para olhar as máquinas.

Pensei sobre os que já não vivem: um dia pescadores de ondas os congregarão, de novo, no mundo. Tive a ilusão de eu mesmo conseguir algo nesse sentido. Talvez inventar um sistema para recompor as presenças dos mortos. Quem sabe pudesse ser o aparelho de Morel munido de um dispositivo que o impedisse de captar as ondas dos emissores vivos (de maior intensidade, sem dúvida).

A imortalidade poderá germinar em todas as almas, nas decompostas e nas atuais. Mas, ah, os mortos mais recentes nos mostrarão tanta floresta de remanências como os mais antigos. Para formar um único homem já desagregado, com todos os seus elementos e sem permitir a interferência de nenhum estranho, será necessário o paciente desejo de Ísis, quando reconstruiu Osíris.

A conservação indefinida das almas em funcionamento está assegurada. Ou melhor dizendo: estará completamente assegurada no dia em que os homens entenderem que para defender seu lugar na terra convém pregar e praticar o malthusianismo.

É lamentável que Morel tenha escondido seu invento nesta ilha. Talvez eu esteja enganado; talvez Morel seja um personagem famoso. Se não, como prêmio por divulgar o invento, eu poderia obter o indébito indulto de meus perseguidores. Mas se Morel não o divulgou, certamente o revelou a algum de seus amigos. Contudo, é estranho que não se falasse nisso quando saí de Caracas.

*

Superei a repulsa nervosa que sentia pelas imagens. Não me preocupam. Vivo confortavelmente no museu, livre das enchentes. Durmo bem, estou descansado e tenho, novamente, a serenidade que me permitiu burlar meus perseguidores, chegar a esta ilha.

É verdade que o contato das imagens me causa um leve mal-estar (sobretudo quando estou distraído); também isso há de passar, e o fato de eu poder me distrair já prova que vivo com certa naturalidade.

Vou me acostumando a ver Faustine, sem emoção, como um simples objeto. Por curiosidade, venho seguindo-a faz cerca de vinte dias. Tive poucas dificuldades, ainda que abrir as portas — mesmo as que não estão trancadas à chave — seja impossível (porque, se estavam fechadas quando da gravação da cena, têm de estar assim quando de sua projeção). Poderia tentar forçá-las, mas temo que a quebra parcial de um objeto possa danificar todo o aparato (não me parece provável).

Faustine, quando se recolhe em seu quarto, sempre fecha a porta. Em uma única ocasião não tenho como entrar sem tocá-la: quando Faustine vem acompanhada de Dora e Alec. Estes dois logo saem. Naquela noite, na primeira semana, fiquei no corredor, diante da porta fechada e do buraco da fechadura, que mostrava um setor vazio. Na semana seguinte tentei olhar de fora, pela janela, e caminhei pela cornija, com grande risco, machucando as mãos e os joelhos na aspereza das pedras, que agarrava assustado (são quase cinco metros de altura). As cortinas me barraram a visão.

Da próxima vez vencerei o temor que ainda me resta e entrarei no quarto com Faustine, Dora e Alec.

Passo as outras noites junto à cama de Faustine, no chão, sobre uma esteira, e me comove vê-la descansar, tão alheia ao hábito de dormir juntos que vamos criando.

*

Um homem solitário não pode fazer máquinas nem fixar visões, salvo na forma truncada de escrevê-las ou desenhá-las, para outros, mais afortunados.

Para mim há de ser impossível descobrir qualquer coisa olhando as máquinas: herméticas, devem funcionar obedecendo às intenções de Morel. Amanhã saberei com certeza. Hoje não pude ir ao porão; passei a tarde juntando alimentos.

Seria pérfido supor — se um dia as imagens chegarem a faltar — que eu as destruí. Ao contrário: meu propósito é salvá-las, com este informe. O que as ameaça são invasões do mar e invasões das hordas propagadas pelo crescimento da população. Dói pensar que minha ignorância, preservada por toda a biblioteca — sem um único livro que possa servir para trabalhos científicos —, talvez também as ameace.

Não me alongarei sobre os perigos que assediam esta ilha, a terra e os homens, por desatentar às profecias de Malthus; quanto ao mar, há que dizer: em cada uma das marés altas temi o naufrágio total da ilha; em um café de pescadores, em Rabaul, ouvi dizer que as ilhas Ellice, ou *das lagunas,* são instáveis, umas desaparecem e outras emergem (estarei nesse arquipélago? O siciliano e Ombrellieri são minhas autoridades).

Admira que a invenção tenha enganado o inventor. Eu também pensei que as imagens viviam; mas nossa situação não era a mesma: Morel imaginara tudo; presenciara e conduzira o desenvolvimento de sua obra; eu a enfrentei já concluída, funcionando.

Essa cegueira do inventor com respeito ao invento nos surpreende, e recomenda circunspeção em nossos juízos... Talvez eu esteja generalizando sobre os abismos de um homem, moralizando sobre uma peculiaridade de Morel.

Aplaudo a orientação que ele deu, sem dúvida inconscientemente, a suas tentativas de perpetuação do homem: limitou-se a conservar as sensações; e, mesmo errando, predisse a verdade: o homem surgirá só. Em tudo isso cumpre ver o triunfo de meu velho axioma: não se deve tentar manter vivo o corpo todo.

Razões lógicas nos autorizam a descartar as esperanças de Morel. As imagens não vivem. Entretanto, acredito que, tendo esse aparelho, convém inventar outro, que permita averiguar se as imagens sentem e pensam (ou, pelo menos, se têm os pensamentos e as sensações que passaram pelos originais durante a exposição; é claro que a relação de suas consciências (?) com esses pensamentos e sensações não poderá ser investigada). O aparelho, muito semelhante ao atual, estará voltado aos pensamentos e às sensações do emissor; a qualquer distância de Faustine, poderemos captar seus pensamentos e suas sensações, visuais, auditivas, táteis, olfativas, gustativas.

E algum dia haverá um aparelho ainda mais completo. Aquilo que se pensou e se sentiu na vida — ou nos momentos de exposição — será como um alfabeto, com o qual a imagem continuará a compreender tudo (como nós, com as letras de um alfabeto, podemos compreender e compor todas as palavras). A vida será, então, um depósito da morte. Mas nem assim a imagem estará viva; objetos essencialmente novos não existirão para ela. Conhecerá tudo o que sentiu ou pensou, ou as combinações ulteriores do que sentiu ou pensou.

O fato de não podermos compreender nada fora do tempo e do espaço talvez sugira que nossa vida não é apreciavelmente distinta da sobrevivência a ser obtida com esse aparelho.

Quando intelectos menos rústicos que o de Morel se ocuparem do invento, o homem escolherá um local afastado, agradável, onde se reunirá com as pessoas que mais ama e perdurará em um íntimo paraíso. Um mesmo jardim, se as cenas a perdurar forem gravadas em diferentes momentos, abrigará inumeráveis paraísos, cujas sociedades, ignorando-se entre si, funcionarão simultaneamente, sem colisões, quase nos mesmos lugares. Serão, por desgraça, paraísos vulneráveis, porque as imagens não poderão ver os homens, e os homens, se não derem ouvidos a Malthus, necessitarão um dia da terra do mais exíguo paraíso e destruirão seus indefesos ocupantes ou os encerrarão na potencialidade inútil de suas máquinas desligadas.*

*

Vigiei durante dezessete dias. Nem um namorado ciumento descobriria motivos para suspeitar de Morel e de Faustine.

Não creio que Morel se referisse a ela em seu discurso (embora tenha sido a única que não o festejou com risadas). Mas, mesmo admitindo que Morel esteja apaixonado por Faustine, como se pode afirmar que Faustine esteja apaixonada?

Quando queremos desconfiar, nunca falta a ocasião. Uma tarde passeiam de braço dado, entre as palmeiras e o museu. Há algo de errado nessa caminhada de amigos?

Fiel a meu propósito de cumprir com o *hostinato rigore* da divisa, minha vigilância alcançou uma amplidão que me orgulha; não levei em conta a comodidade nem o decoro: o controle foi tão severo embaixo das mesas como na altura em que costumam se mover os olhares.

Na sala de jantar, uma noite, outra no hall, as pernas se tocam. Se admito a malícia, por que descarto a distração, o acaso?

---

* Sob a epígrafe de

> Come, Malthus, and in Ciceronian prose
> Show what a rutting Population grows,
> Until the Produce of the Soil is spent,
> And Brats expire for lack of Aliment.

o autor se espraia em uma apologia, eloquente e com argumentos pouco novos, de Thomas Robert Malthus e de seu *Ensaio sobre o princípio da população*. Por razões de espaço, optamos por suprimi-la. (NOTA DO EDITOR)

Repito: não há nenhuma prova conclusiva de que Faustine sinta amor por Morel. Talvez a origem das suspeitas esteja no meu egoísmo. Amo Faustine: Faustine é o móvel de tudo; temo que esteja apaixonada: demonstrá-lo é a missão das coisas. Quando o que me preocupava era a perseguição policial, as imagens desta ilha se moviam, como peças de xadrez, seguindo uma estratégia para me capturar.

*

Morel se enfureceria se eu tornasse público seu invento. Isso é certo e não creio que possa ser evitado com elogios. Seus amigos se congregariam em uma mesma indignação (inclusive Faustine). Mas se ela estivesse magoada com ele — não participava das risadas durante o discurso — talvez se aliasse a mim.

Resta a hipótese da morte de Morel. Neste caso, algum de seus amigos teria divulgado o invento. Do contrário, teríamos de supor uma morte coletiva, uma peste, um naufrágio. Tudo inacreditável; mas assim ficaria explicado o fato de que não se tivesse notícia do invento quando saí de Caracas.

Uma explicação poderia ser que não tivessem acreditado nele, que Morel estivesse louco ou, minha primeira ideia, que todos estivessem loucos, que a ilha fosse um sanatório de loucos.

Essas explicações demandam tanta imaginação quanto a epidemia ou o naufrágio.

Se eu chegasse à Europa, à América ou ao Japão, passaria tempos difíceis. Quando começasse a ser um charlatão famoso — antes de ser um inventor famoso — viriam as acusações de Morel e, talvez, um pedido de extradição de

Caracas. A coisa mais triste seria que eu chegasse a esse transe por causa da invenção de um louco.

Mas devo me convencer: não preciso fugir. Viver com as imagens é uma bênção. Se aqui chegarem meus perseguidores, esquecerão de mim ao se deparar com o prodígio desta gente inacessível. Ficarei.

Se eu encontrasse Faustine, como a faria rir contando-lhe todas as vezes que falei, enamorando e soluçando, com sua imagem. Considero que esse pensamento é um vício: se o escrevo, é para fixar seus limites, para ver que não tem encanto, para abandoná-lo.

*

A eternidade rotativa pode parecer atroz para o espectador; é satisfatória para seus membros. Livres de más notícias e de doenças, vivem sempre como se fosse a primeira vez, sem recordar as anteriores. De resto, graças às interrupções impostas pelo regime das marés, a repetição não é implacável.

Acostumado a ver uma vida que se repete, acho a minha irreparavelmente fortuita. Os propósitos de emenda são vãos; não tenho próxima vez, cada momento é único, distinto, e muitos se perdem nos descuidos. É verdade que para as imagens também não há primeira vez (todas são iguais à primeira).

Pode-se pensar que nossa vida é como uma semana dessas imagens e que volta a se repetir em mundos contíguos.

*

Sem nenhuma concessão à minha debilidade posso imaginar a emocionante chegada à casa de Faustine, o interesse que ela terá por meus relatos, a amizade que essas circunstâncias ajudarão a estabelecer. Quem sabe se não estou mesmo a caminho, longo e difícil, de Faustine, do necessário descanso de minha vida?

Mas, onde vive Faustine? Eu a segui durante semanas. Fala-se no Canadá. Não sei de mais nada. Mas há outra pergunta que se pode fazer — com horror: — Faustine está viva?

Talvez porque a ideia me pareça tão poeticamente diladeradora — procurar uma pessoa que ignoro onde vive, que ignoro se vive —, Faustine me importa mais do que a vida.

Tenho alguma possibilidade de fazer a viagem? O bote apodreceu. As árvores estão podres; não sou um carpinteiro tão bom que possa confeccionar um bote com outras madeiras (por exemplo, com cadeiras ou portas; nem estou certo de poder fazê-lo com árvores). Esperarei que passe algum barco. É isso que eu não queria. Minha volta já não será secreta. Nunca vi passar um barco, daqui; exceto o de Morel, que era o simulacro de um barco.

Além disso, se eu chegar ao destino de minha viagem, se encontrar Faustine, estarei em uma das situações mais penosas de minha vida. Terei de apresentar-me cercado de mistérios; pedir-lhe para falarmos a sós; já esse pedido, vindo de um desconhecido, despertará sua desconfiança; depois, quando souber que fui testemunha de sua vida, pensará que pretendo tirar disso algum proveito desonesto; e ao saber que sou um condenado à prisão perpétua, verá seus temores confirmados.

Antes eu nunca pensava que uma ação pudesse atrair sorte ou azar. Agora repito, toda noite, o nome de Faustine.

Naturalmente gosto de pronunciá-lo; mas estou angustiado de cansaço e continuo a repeti-lo (às vezes sinto tontura e ânsias de doente quando adormeço).

*

Quando me acalmar encontrarei um jeito de sair. Por ora, contando o que me aconteceu, obrigo meus pensamentos a se ordenarem. E se devo morrer, eles comunicarão a atrocidade de minha agonia.

Ontem não houve imagens. Desesperado diante de secretas máquinas em repouso, tive o pressentimento de que não voltaria a ver Faustine. Mas hoje de manhã a maré estava subindo. Retirei-me antes que as imagens aparecessem. Fui até a casa de máquinas, para entendê-las (para não ficar à mercê das marés e poder evitar as falhas). Pensei que, se visse as máquinas entrando em funcionamento, talvez as entendesse ou, pelo menos, pudesse extrair uma orientação para estudá-las. Essa esperança não se realizou.

Entrei pelo buraco aberto na parede e lá fiquei... Estou me deixando levar pela emoção. Devo compor as frases. Quando entrei senti a mesma surpresa e a mesma felicidade que da primeira vez. Tive a impressão de andar pelo imóvel fundo azulado de um rio. Sentei-me a esperar, de costas para o rombo que eu tinha feito (lamentava aquela interrupção na celeste continuidade da porcelana).

Assim permaneci por algum tempo, placidamente distraído (agora isso me parece inconcebível). Depois as máquinas verdes começaram a funcionar. Comparei-as com a bomba de água e com os geradores de luz. Eu as olhei, ouvi e apalpei com atenção, bem de perto, inutilmente. Mas, como logo me pareceram inabordáveis, talvez tenha simulado a atenção, como por compromisso ou por vergonha (de ter-me precipitado a descer aos porões, de ter esperado tanto por esse momento), como se alguém me observasse.

No meu cansaço voltei a sentir a agitação tomar conta de mim. Devo reprimi-la. Reprimindo-me, encontrarei um jeito de sair daqui.

Relato pormenorizadamente o que me aconteceu: voltei-me e caminhei com a vista baixa. Ao olhar para a parede tive a sensação de estar desorientado. Procurei o buraco que eu tinha feito. Não estava lá.

Pensei que poderia ser um interessante fenômeno de óptica e dei um passo para o lado, para ver se persistia. Estendi os braços em um gesto de cego. Apalpei todas as paredes. Recolhi do chão pedaços de porcelana, de tijolo, que eu espalhara ao abrir o buraco. Apalpei a parede naquele mesmo lugar, por muito tempo. Tive de admitir que ela se reconstruíra.

Será que eu estava tão fascinado com a claridade celeste do quarto, tão interessado no funcionamento dos motores, a ponto de não ouvir um pedreiro refazendo a parede?

Aproximei-me. Senti o frescor da porcelana contra a orelha e escutei um silêncio interminável, como se o outro lado tivesse desaparecido.

No chão, onde a deixara cair ao entrar pela primeira vez, estava a barra de ferro que me servira para quebrar o muro. "Ainda bem que não a viram", pensei, com patética ignorância de minha situação. "Teria deixado que a levassem, sem perceber."

Tornei a colar o ouvido àquele muro que parecia final. Alentado pelo silêncio, procurei o local da abertura que eu tinha feito e comecei a bater (acreditando que seria mais fácil quebrar onde a argamassa fosse nova). Bati muitas vezes, cada vez mais desesperado. A porcelana, por dentro, era invulnerável. As pancadas mais fortes, mais exaustivas, reverberavam contra sua dureza e não abriam uma trinca superficial nem desprendiam um leve fragmento de seu esmalte azul-celeste.

Controlei os nervos. Descansei.

Acometi de novo, em outros lugares. Caíram pedaços de esmalte, e quando caíram grandes pedaços de parede continuei batendo, com os olhos enevoados e com uma urgência desproporcional ao peso do ferro, até que a resistência da parede, que não diminuía proporcionalmente à sucessão e ao esforço dos golpes, me atirou ao chão, choroso de cansaço. Primeiro vi, toquei os pedaços de alvenaria, de um lado polidos, do outro ásperos, terrosos; depois, em uma visão tão lúcida que parecia efêmera e sobrenatural, meus olhos encontraram a celeste continuidade da porcelana, a parede indene e inteira, o recinto fechado.

Tornei a bater. Em alguns pontos soltava pedaços de parede, que não deixavam ver nenhuma cavidade, nem clara nem sombria, que se reconstruíam com uma rapidez maior do que a de minha vista e conseguiam, então, aquela mesma dureza invulnerável que eu já encontrara no local da abertura.

Pus-me a gritar "Socorro!", arremeti algumas vezes contra a parede e me deixei cair. Tive um acesso de imbecilidade e choro, com um ardor úmido no rosto. Abalava-me o pavor de estar em um lugar encantado e a confusa revelação de que a magia aparecia aos incrédulos, como eu, intransmissível e mortal, para se vingar.

Cercado pelas terríveis paredes azuis, ergui os olhos para a claraboia, onde elas se interrompiam. Vi, por muito tempo sem entender e em seguida assustado, um galho de cedro que se afastava de si mesmo e se desdobrava em dois; depois os dois galhos voltavam a se fundir, dóceis como fantasmas, a coincidir em um só. Disse em voz alta, ou pensei bem claramente: *não conseguirei sair. Estou em um lugar encantado.* Ao formular essa conclusão senti vergonha, como um impostor que tivesse levado a farsa longe demais, e entendi tudo:

Essas paredes — assim como Faustine, Morel, os peixes do aquário, um dos sóis e uma das luas, o tratado de Belidor — são projeções das máquinas. Coincidem com as paredes erguidas pelos pedreiros (são as mesmas paredes gravadas pelas máquinas e depois refletidas sobre si mesmas). Onde rompi ou suprimi a parede original, permanece seu reflexo. Por ser uma projeção, nenhum poder é capaz de atravessá-la ou suprimi-la (enquanto os motores funcionarem).

Se eu quebrar por inteiro a primeira parede, quando os motores não funcionarem esta casa de máquinas ficará aberta, não será uma sala, e sim um ângulo de outra; quando funcionarem, a parede tornará a se impor, impenetrável.

Morel deve ter idealizado essa proteção com muro duplo para que nenhum homem pudesse chegar até as máquinas que mantêm sua imortalidade. Mas estudou as marés de forma deficiente (sem dúvida em outro período solar) e calculou que a usina poderia funcionar sem interrupções. Certamente ele também inventou a famosa peste que até agora protegeu a ilha tão bem.

Meu problema é deter os motores verdes. Não deve ser difícil encontrar a chave que os desliga. Levei um dia para aprender a manobrar o gerador de luz e a bomba de água. Sair daqui não pode apresentar tanta dificuldade assim.

A claraboia me salvou, ou me salvará, porque não hei de morrer de fome, resignado para além do desespero, saudando tudo o que deixo como aquele capitão japonês de virtuosa e burocrática agonia, em um asfixiante submarino, no fundo do mar. No *Nuevo Diario* li a carta encontrada no submarino. O morto saúda o Imperador, os ministros e, em ordem hierárquica, todos os marinheiros que consegue enumerar enquanto aguarda a asfixia. Também registra observações como estas: *agora, estou sangrando pelo nariz; acho que meus tímpanos se romperam.*

Ao narrar pormenorizadamente esta ação, eu a repeti. Espero não repetir seu final.

Os horrores do dia estão assentes em meu diário. Escrevi muito: parece-me inútil buscar inevitáveis analogias com os moribundos que fazem projetos de longos futuros ou que vislumbram, no último suspiro, uma imagem minuciosa de toda sua vida. O instante final deve ser atropelado, confuso; sempre nos vemos tão longe dele que não conseguimos imaginar as sombras que o obscurecem. Agora vou parar de escrever para me dedicar, serenamente, a encontrar o modo de deter esses motores. Então a brecha se abrirá de novo, como por obra de um conjuro; se não conseguir (mesmo que perca Faustine para sempre), então os golpearei com o ferro, como fiz com a parede, e os quebrarei, e a brecha se abrirá como por obra de um conjuro, e eu estarei fora.

*

Ainda não consegui deter os motores. Estou com dor de cabeça. Leves crises de nervos, que logo domino, debelam uma progressiva sonolência.

Tenho a impressão, sem dúvida ilusória, de que se eu pudesse receber um pouco de ar exterior não tardaria a resolver esses problemas. Arremeti contra a claraboia; é invulnerável, como tudo o que me encerra.

Repito a mim mesmo que a dificuldade não está no meu sopor nem na falta de ar. Esses motores devem ser muito diferentes de qualquer outro. Parece lógico supor que Morel os desenhou de modo que não fossem entendidos pela primeira pessoa que chegasse à ilha. Contudo, a dificuldade de manejá-los deve residir em diferenças com outros motores. Como não entendo de nenhum, essa maior dificuldade desaparece.

Do funcionamento dos motores depende a eternidade de Morel; é de supor que sejam muito sólidos; devo conter, portanto, meu impulso de quebrá-los a golpes da barra de ferro. Só conseguirei me cansar e desperdiçar o ar. No esforço de me conter, escrevo.

Se Morel tiver gravado os motores...

*

Por fim, o medo da morte me livrou da superstição de incompetência: foi como se de repente visse os motores através de lentes de aumento: deixaram de ser um aleatório amontoado de ferros, ganharam formas, disposições que permitiam entender sua função.

Desliguei, saí.

Na casa de máquinas, pude reconhecer (além da bomba de água e do gerador de luz, já citados):

a) Um conjunto de transmissores de energia ligados ao moinho que há nos baixios;

b) Um conjunto fixo de receptores, gravadores e projetores, com uma rede de aparelhos dispostos estrategicamente, que cobrem toda a ilha;

c) Três aparelhos portáteis, receptores, gravadores e projetores, para exposições isoladas.

Descobri, dentro de um objeto que eu imaginava ser o motor mais importante e era uma caixa de ferramentas, uns planos incompletos, que me deram trabalho e duvidosa ajuda.

A clarividência que presidiu esse reconhecimento não foi imediata. Meus estados anteriores foram:

1º O desespero;

2º Um desdobramento em ator e espectador. Estive ocupado em sentir-me dentro de um asfixiante submarino, no fundo do mar, em um cenário. Sereno em face de minha sublime atitude, confuso como um herói, perdi tempo e ao sair já era noite e não havia luz para procurar raízes comestíveis.

*

Primeiro acionei os receptores e projetores para exposições isoladas. Coloquei flores, folhas, moscas, rãs. Tive a emoção de vê-las aparecer, reproduzidas e elas mesmas.

Depois cometi a imprudência.

Pus a mão esquerda diante do receptor; liguei-o e apareceu a mão, somente a mão, fazendo os movimentos preguiçosos que eu fizera quando a gravei.

Agora ela é como outro objeto ou quase um animal que se encontra no museu.

Deixo o projetor ligado, não faço a mão desaparecer; sua visão, um tanto curiosa, não é desagradável.

Esta mão, em um conto, seria uma terrível ameaça para o protagonista. Na realidade, que mal pode fazer?

*

Os emissores vegetais — folhas, flores — morreram depois de cinco ou seis horas; as rãs, depois de quinze.

As cópias sobrevivem, incorruptíveis.

Ignoro quais são as moscas verdadeiras e quais as artificiais.

As flores e as folhas talvez tenham morrido por falta de água. Não alimentei as rãs; também devem ter sofrido com a mudança de ambiente.

Quanto aos efeitos sobre a mão, suspeito que resultem dos temores provocados pela máquina, e não da ação desta. Sinto uma ardência constante, mas fraca. A pele se descascou um pouco. Ontem eu estava inquieto. Pressentia horríveis transformações na mão. Sonhei que a coçava, que a desmanchava com facilidade. Devo tê-la ferido enquanto dormia.

*

Mais um dia será intolerável.

Primeiro senti curiosidade por um parágrafo do discurso de Morel. Depois, muito divertido, pensei ter feito uma descoberta. Não sei como essa descoberta virou esta outra, atinada, funesta.

Não me darei morte logo em seguida. Já é hábito de minhas mais lúcidas teorias se desfazerem no dia seguinte, ficando apenas como provas de uma espantosa combinação de inépcia e entusiasmo (ou desespero). Talvez minha ideia, uma vez escrita, perca a força.

Eis a frase que me espantou:

Vocês hão de me desculpar esta cena, primeiro irritante, depois terrível.

Por que terrível? Todos iriam saber que tinham sido fotografados de um modo novo, sem aviso. É verdade que saber *a posteriori* que oito dias de nossa vida, em todos os seus pormenores, ficaram gravados para sempre não deve ser agradável.

Também pensei, em um dado momento: "uma dessas pessoas deve ter um segredo horrível; Morel tratará de conhecê-lo ou revelá-lo".

Por acaso lembrei que o horror de serem representados em imagens que sentem alguns povos baseia-se na crença de que, ao formar-se a imagem de uma pessoa, a alma passa para a imagem, e a pessoa morre.

Divertiu-me detectar em Morel certo escrúpulo, por ter fotografado seus amigos sem consentimento; de fato, pensava ter descoberto, na mente de um sábio contemporâneo, a sobrevivência daquele antigo temor.

Reli a frase:

Vocês hão de me desculpar esta cena, primeiro irritante, depois terrível. Vamos esquecê-la.

Qual o significado da afirmação final? Que em breve não lhe darão importância ou que já não poderão recordá-la?

A discussão com Stoever foi terrível. Stoever concebeu a mesma suspeita que eu. Não sei como demorei tanto a perceber essa evidência.

De resto, a hipótese de que as imagens têm alma parece exigir, como fundamento, que os emissores a percam ao serem gravados pelos aparelhos. O próprio Morel o declara:

A hipótese de que as imagens têm alma parece confirmada pelos efeitos de minha máquina sobre as pessoas, os animais e os vegetais emissores.

A bem da verdade, é preciso ter uma consciência muito dominante e ousada, confundível com a inconsciência, para fazer essa declaração às próprias vítimas; mas é uma monstruosidade que parece não destoar do homem que, seguindo uma ideia, organiza uma morte coletiva e dita, por conta própria, a solidariedade de todos os amigos.

Qual era essa ideia? Seria aproveitar a reunião quase completa de seus amigos para forjar um bom paraíso, ou uma incógnita que não sondei? Se há uma incógnita, é possível que não tenha interesse para mim.

Creio que agora posso identificar os tripulantes mortos do barco bombardeado pelo cruzador *Namura*: Morel aproveitou sua própria morte e a de seus amigos para confirmar os rumores sobre a doença que teria seu deletério viveiro nesta ilha; rumores esses difundidos anteriormente por Morel para proteger sua máquina, sua imortalidade.

Mas tudo isso, que pondero judiciosamente, significa que Faustine já morreu; que de Faustine não resta nada além dessa imagem, para a qual eu não existo.

*

Então a vida é intolerável para mim. Como permanecer na tortura de viver com Faustine e de tê-la tão longe? Onde procurá-la? Fora desta ilha, Faustine se perdeu com os gestos e com os sonhos de um passado alheio.

Nas primeiras páginas eu disse:

"Sinto com desagrado que este papel se transforma em testamento. Se devo resignar-me a isso, tratarei de que minhas afirmações possam ser comprovadas, de modo que quem porventura me julgar suspeito de falsidade não possa pensar que minto ao dizer que fui condenado injustamente. Porei este informe sob a divisa de Leonardo — *Hostinato rigore*[*] — e tratarei de segui-la."

Minha vocação é o pranto e o suicídio; contudo, não me esqueço desse rigor pactuado.

A seguir corrijo erros e esclareço tudo aquilo que careceu de esclarecimento explícito: abreviarei assim a distância entre o ideal de exatidão que me guiou desde o princípio e a narração.

As marés: li o livrinho de Belidor (Bernat Forest de). Começa com uma descrição geral das marés. Confesso que as desta ilha preferem seguir essa explicação, e não a minha. Deve-se levar em conta que eu nunca havia estudado as marés (talvez no colégio, onde ninguém estudava) e que as descrevi nos primeiros capítulos deste diário, quando apenas começavam a ter importância para mim. Antes, enquanto

---

[*] A divisa não encabeça o manuscrito. Devemos atribuir essa omissão a um lapso? Não sabemos; como em toda passagem duvidosa, preferimos o risco das críticas, a fidelidade ao original. (NOTA DO EDITOR)

vivi no morro, elas não ofereciam perigo, e embora me interessassem, não tinha tempo para observá-las com vagar (quase tudo o mais era um perigo).

Mensalmente, de acordo com Belidor, ocorrem duas marés de amplitude máxima, nos dias de lua cheia e de lua nova, e duas marés de amplitude mínima, nos dias de quartos lunares.

Eventualmente, sete dias após uma maré de lua cheia ou nova, ocorreu uma maré meteorológica (provocada por fortes ventos e chuvas): sem dúvida resultou daí meu equívoco de que as grandes marés têm frequência semanal.

Explicação da impontualidade das marés diárias: segundo Belidor, as marés ocorrem cinquenta minutos mais tarde a cada dia, na fase crescente, e cinquenta minutos mais cedo, na minguante. Isso não é completamente exato na ilha: acredito que o adiantamento e o atraso devem ser de quinze a vinte minutos diários; registro estas modestas observações sem instrumentos de medição: talvez os sábios provejam o que lhes falta e possam tirar alguma conclusão útil para o melhor conhecimento do mundo que habitamos.

Neste mês houve numerosas grandes marés: duas foram lunares; as outras, meteorológicas.

Aparições e desaparições. Primeira e seguintes: as máquinas projetam as imagens. As máquinas funcionam com a força das marés.

Depois de períodos mais ou menos longos, com marés de pouca amplidão, houve sucessivas marés que chegaram ao moinho dos baixios. As máquinas funcionaram e o disco eterno recomeçou a girar no momento da semana em que se detivera.

Se o discurso de Morel ocorreu na última noite da

semana, a primeira aparição deve ter ocorrido na noite do terceiro dia.

A falta de imagens durante o longo período anterior à primeira aparição talvez se deva a que o regime das marés varia conforme o período solar.

Os dois sóis e as duas luas: como a semana se repete ao longo do ano, veem-se esses sóis e essas luas não coincidentes (e também os moradores com frio em dias de calor; banhando-se em águas sujas; dançando entre o capim alto ou sob o temporal). Se a ilha afundasse — salvo os locais onde estão as máquinas e os projetores — as imagens, o museu, a própria ilha continuariam a ser vistos.

Ignoro se o calor excessivo dos últimos tempos se deve à superposição da temperatura que fazia quando as cenas foram gravadas e a temperatura atual.*

Árvores e outros vegetais: os que a máquina gravou estão secos; os que não gravou — as plantas anuais (flores, ervas) e as árvores novas — estão viçosos.

O interruptor da luz, as tramelas emperradas. Cortinas inamovíveis: aplique-se aos interruptores e às tramelas o que já disse, há muito, sobre as portas:

Se estavam fechadas quando da gravação da cena, têm de estar assim quando de sua projeção.

Pela mesma razão, as cortinas são inamovíveis.

---

* A hipótese da superposição de temperaturas não me parece necessariamente falsa (um pequeno aquecedor é insuportável em um dia de verão), mas creio que a verdadeira explicação é outra. Estavam na primavera; a semana eterna foi gravada no verão; ao funcionar, as máquinas refletem a temperatura do verão. (NOTA DO EDITOR)

A pessoa que apaga a luz: a pessoa que apaga a luz do quarto em frente ao de Faustine é Morel. Ele entra, fica um momento diante da cama. O leitor recordará que, em meu sonho, Faustine fez tudo isso. Irrita-me ter confundido Morel com Faustine.

Charlie. Fantasmas imperfeitos: de início não os encontrei. Agora acredito que achei seus discos. Não os projeto. Podem ser preocupantes, desaconselháveis na minha situação (futura).

Os espanhóis que vi na copa: são empregados de Morel.

Câmaras subterrâneas. Biombo de espelhos: ouvi Morel dizer que servem para experimentos de óptica e de som.

Os versos franceses declamados por Stoever. Anotei-os:

Âme, te souvient-il, au fond du paradis,
De la gare d'Auteuil et des trains de jadis?

Stoever diz à velha que são de Verlaine.

Já não devem restar pontos inexplicáveis em meu diário.* Há elementos suficientes para entender quase tudo. Os capítulos a seguir não surpreenderão.

*

Quero entender a conduta de Morel.

Faustine evitava sua companhia; ele, então, tramou a semana, a morte de todos os seus amigos, para conseguir a

---

* Resta o mais inacreditável: a coincidência, em um mesmo espaço, de um objeto e de sua imagem total. Esse fato sugere a possibilidade de que o mundo seja constituído, exclusivamente, de sensações. (NOTA DO EDITOR)

imortalidade com Faustine. Com isso compensava a renúncia às possibilidades que há na vida. Entendeu que, para os outros, a morte não seria uma evolução prejudicial; em troca de um prazo de vida incerto, daria a eles a imortalidade junto a seus amigos preferidos. Também dispôs da vida de Faustine.

Mas a própria indignação que sinto me põe em guarda: talvez esteja atribuindo a Morel um inferno que é meu. Eu sou o apaixonado por Faustine, quem é capaz de matar e de se matar; eu sou o monstro. Talvez Morel nunca se tenha referido a Faustine em seu discurso; talvez estivesse apaixonado por Irene, por Dora ou pela velha.

Estou exaltado, sou néscio. Morel ignora essas favoritas. Queria mesmo a inacessível Faustine. Por isso a matou, se matou com todos os seus amigos, inventou a imortalidade!

A beleza de Faustine merece essas loucuras, essas homenagens, esses crimes. Eu a neguei, por ciúmes ou defendendo-me, para não reconhecer a paixão.

Agora vejo o ato de Morel como um justo ditirambo.

*

Minha vida não é atroz. Se abandonar as intranquilas esperanças de partir em busca de Faustine, poderei me acomodar ao seráfico destino de contemplá-la.

Resta este caminho; viver, ser o mais feliz dos mortais.

Mas a condição de minha felicidade, como tudo o que é humano, é instável. A contemplação de Faustine poderia — embora eu não *possa* tolerá-lo, nem mesmo em pensamento — interromper-se:

Por causa de algum defeito nas máquinas (não sei consertá-las);

Por causa de alguma dúvida que pudesse sobrevir e arruinar-me este paraíso (devo reconhecer que, entre Morel e Faustine, há conversas e gestos que podem induzir ao erro pessoas de caráter menos firme);

Por causa da minha própria morte.

A verdadeira vantagem de minha solução é fazer da morte o requisito e a garantia da eterna contemplação de Faustine.

*

Estou a salvo dos intermináveis minutos necessários para preparar minha morte em um mundo sem Faustine; estou a salvo de uma interminável morte sem Faustine.

Quando me senti pronto, liguei os receptores de atividade simultânea. Ficaram gravados sete dias. Representei bem: um espectador desprevenido pode imaginar que não sou um intruso. É o resultado natural de uma trabalhosa preparação: quinze dias de contínuos ensaios e estudos. Incansavelmente, repeti cada um dos meus atos. Estudei o que Faustine diz, suas perguntas e respostas; muitas vezes intercalo com habilidade alguma frase; parece que Faustine me responde. Nem sempre a sigo; conheço seus movimentos e costumo caminhar à frente dela. Espero que, de modo geral, passemos a impressão de ser amigos inseparáveis, de nos entendermos sem necessidade de falar.

A esperança de suprimir a imagem de Morel me transtornou. Sei que é uma ideia inútil. Entretanto, ao escrever estas linhas, sinto o mesmo empenho, o mesmo transtorno. Humilhou-me a dependência das imagens (principalmente de Morel com Faustine). Agora não: entrei nesse mundo; já é impossível suprimir a imagem de Faustine sem que a minha desapareça. Alegra-me depender também — e isso é mais estranho, menos justificável — de Haynes, de Dora, de Alec, de Stoever, de Irene etc. (do próprio Morel!).

Troquei os discos; as máquinas projetarão, eternamente, a nova semana.

Uma desagradável consciência de estar representando roubou-me naturalidade nos primeiros dias; consegui vencê-la; e se a imagem tem — como acredito — os pensamentos e os estados de espírito dos dias da exposição, o deleite de contemplar Faustine será o meio em que viverei na eternidade.

Com incansável vigilância mantive o espírito livre de inquietações. Procurei não investigar os atos de Faustine; esquecer os ódios. Terei a recompensa de uma eternidade tranquila; e mais: cheguei a sentir a duração da semana.

Na noite em que Faustine, Dora e Alec entram no quarto, controlei triunfalmente meus nervos. Não tentei nenhuma averiguação. Agora sinto uma leve contrariedade por ter deixado esse ponto sem esclarecer. Na eternidade não lhe dou importância.

Quase não senti o processo da minha morte; começou nos tecidos da mão esquerda; no entanto, avançou muito; o aumento da ardência é tão paulatino, tão contínuo, que não o noto.

Estou perdendo a visão. O tato já se tornou impraticável; a pele está caindo; as sensações são ambíguas, dolorosas; procuro evitá-las.

Diante do biombo de espelhos, fiquei sabendo que estou despelado, calvo, sem unhas, ligeiramente rosado. As forças diminuem. Quanto à dor, tenho uma impressão absurda: parece-me que aumenta, mas a sinto menos.

A persistente, a ínfima ansiedade quanto às relações de Morel com Faustine me preserva de atentar à minha destruição; é um efeito colateral e benéfico.

Por desgraça, nem todas as minhas ruminações são tão úteis: abrigo — apenas na imaginação, para inquietar-me — a esperança de que toda a minha doença seja uma vigorosa autossugestão; que as máquinas não causem nenhum dano; que Faustine viva e que, dentro em pouco, eu saia à sua procura; que juntos riamos destas falsas vésperas da morte; que cheguemos à Venezuela; a outra Venezuela, porque, para mim, tu és, Pátria, os senhores do governo, as milícias com fardas de aluguel e pontaria mortal, a perseguição unânime na rodovia para La Guaira, nos túneis, na fábrica de papel de Maracay; apesar de tudo, eu te amo e nesta dissolução muitas vezes te saúdo: és também a época de *El Cojo Ilustrado*, um grupo de homens (e eu, um garoto, atônito, reverente) sob os gritos de Orduño, das oito às nove da manhã, melhorados pelos versos de Orduño, desde o Panteão até o café de Roca Tarpeya, no bonde 10, aberto e desconjuntado, fervorosa escola literária. És o pão de mandioca, grande como um escudo e livre de insetos. És a inundação das planícies, com touros, éguas, tigres arrastados urgentemente pelas águas. E você, Elisa, entre tintureiros chineses, a cada recordação mais parecida com Faustine; você lhes disse que me levassem para a Colômbia e atravessamos o páramo na pior época; os chineses me cobriram com folhas ardentes e peludas de *fraileján*, para que não morresse de frio; enquanto eu olhar para Faustine, não me esquecerei de você — e eu, que pensei que não te amava! E a Declaração da Independência que, todo Cinco de Julho, o imperioso Valentín Gómez lia na sala elíptica do Capitólio, enquanto nós — Orduño e seus discípulos —, para afrontá-lo, reverenciávamos a arte no quadro de Tito Salas, *O General Bolívar cruza a fronteira da Colômbia*; mas confesso que depois, quando a banda tocava "*Gloria al bravo pueblo!* (*que el yugo lanzó! la ley respetando/ la virtud y honor!*)", não conseguíamos reprimir a emoção patriótica, a emoção que agora não reprimo.

Mas minha férrea disciplina derrota incessantemente essas ideias, comprometedoras da calma final.

Ainda vejo minha imagem na companhia de Faustine. Esqueço que é uma intrusa; um espectador desprevenido poderia acreditar que estão igualmente enamoradas e preocupadas uma pela outra. Talvez este parecer requeira a debilidade de meus olhos. Em todo caso consola morrer assistindo a um resultado tão satisfatório.

Minha alma não passou, ainda, para a imagem; senão, eu teria morrido, teria (talvez) deixado de ver Faustine, para estar com ela em uma visão que ninguém recolherá.

Ao homem que, baseando-se neste informe, inventar uma máquina capaz de reunir as presenças desagregadas, farei uma súplica. Procure-nos, a Faustine e a mim, faça-me entrar no céu da consciência de Faustine. Será um ato piedoso.

Este livro, composto na fonte Fairfield, foi impresso
em papel Pólen Bold 70g/m², na Elyon.
São Paulo, Brasil, janeiro de 2023.